文学少女
爱恋插话集 1

井上心叶

这是描述了对故事喜爱到想吃下去的『文学少女』
和她身边人们的故事……
『文学少女』天野远子

樱井流人

姬仓麻贵

从前，我曾经是一只鸟。

现在我像是刚爬上陆地的人鱼，只能蹒跚地走着。

朝仓美羽

目录

文学少女

爱恋插话集

1

〔日〕野村美月 著 〔日〕竹冈美穗 绘
哈娜 译

人民文学出版社
PEOPLE'S LITERATURE PUBLISHING HOUSE

著作权合同登记号：图字 01-2020-1633

图书在版编目（CIP）数据

爱恋插话集. 1 / (日) 野村美月著；(日) 竹冈美穗绘；哈娜译. -- 北京：人民文学出版社, 2023
(文学少女)
ISBN 978-7-02-017730-1

Ⅰ. ①爱… Ⅱ. ①野… ②竹… ③哈… Ⅲ. ①短篇小说 - 小说集 - 日本 - 现代 Ⅳ. ①I313.45

中国版本图书馆CIP数据核字(2023)第013520号

责任编辑　朱卫净　李　殷
装帧设计　汪佳诗

出版发行　人民文学出版社
社　　址　北京市朝内大街166号
邮政编码　100705

印　　制　山东新华印务有限公司
经　　销　全国新华书店等

字　　数　110千字
开　　本　787毫米×1092毫米　1/32
印　　张　8.25
版　　次　2020年1月北京第1版
印　　次　2023年3月第1次印刷

书　　号　978-7-02-017730-1
定　　价　55.00元

如有印装质量问题，请与本社图书销售中心调换。电话：010-65233595

我早就发誓绝不再谈恋爱，但在高中二年级结束时，却发现自己又坠入情网。

过去她一直在我身边，像堇花一样温柔地对我微笑。

在那充满黄昏耀眼金光的小房间里，她总是幸福洋溢地翻着书，对我说了好多故事。

当她眼中闪烁着甜美光辉看着我的时候。

当她白嫩小手为了鼓励我而轻轻握住我的手的时候。

当她轻启樱花色嘴唇，对我说出琐碎但是无比重要的话语的时候。

我为什么会觉得体内躁动，静不下来呢？为什么心脏会跳得这么快呢？为什么会有一股热意涌上来呢？

分离怎么会这么悲伤，这么令人思念，这么让人喘不过气呢？

她温柔微笑背对我离去的那天，我才知道这是恋爱。

虽然说不上来是从何时开始，但是我想一定是在更早之前，在那些奇异而温馨的日常生活中，我对她的种种情愫就已经开始萌芽了。

没错，就好比说在那一天……

文学少女和恋爱的牛魔王

“天野远子啊啊啊啊啊！
我喜欢你啊啊啊啊啊！
好喜欢啊啊啊啊啊啊啊！”

炎热黄昏的河边，回荡着狂热的嘶喊。

◇　◇　◇

我的名字是牛园琢已。

我在今年春天刚当上圣条学园的柔道社主将，是个身强体壮、眉毛挺拔、鬓毛浓密的男子汉！

在校际练习赛时，经常有其他学校的老师客气到可笑地跟我打招呼说：“是带队的老师吧？今天还请您多多指教。”其实我才刚满十七岁，金牛座O型，是个货真价实的高二学生。

别人都叫我火焰斗牛。

在我初三的时候，附近儿童公园养的山猪跑出来，我赤手空拳前去搏斗一番，最后把它抓起来，至今还是个传说。

这么骁勇的我也恋爱了。

对象是天野远子，圣条学园的二年级学生，是个清纯可爱的气质淑女。

我初次见到天野是在一年前，高中一年级的初夏。

那一天我去了图书馆。这种凝重的地方我一年可能都来不到一次，这次是因为柔道社的学长叫我来帮忙还书。

因为我跟那位学长在练习时没有拿捏好力道，全力把他摔出去，所以他全身缠满绷带进了医院。我为了表示歉意，就说“有我帮得上忙的地方请尽管说”，所以才会来到图书馆。

这件事现在让我感谢极深，比地底岩浆还深。

理由是我因此遇到了天野远子。

当时天野站在一个摆满不知是什么鬼东西全集的书柜前面翻着书。

她长到腰部的麻花辫、符合日本女性形象的黑发、看着书本的温柔眼神、柔软的樱花色嘴唇，还有纤长的手脚和细细的腰，让我一眼就迷上她了。

是谁！

这是谁！

她到底是谁啊啊啊啊！

我受到的冲击就像是脑中有寺庙大钟咚咚咚地响，心脏跳得越来越快，全身血液沸腾，耳朵喷出热气一般。

对，在这一瞬间，我恋爱了。

在那之后，我经常在校内看见天野。

以婉约的姿态走在走廊上的天野。

在鞋柜前优雅地弯腰穿鞋的天野。

用铃铛一般清脆的声音跟朋友谈笑的天野。

穿着夏季制服的天野。

穿着冬季制服的天野。

穿着体育服的天野。

穿着学校泳装的天野。

不管什么时候，天野都美得好耀眼。

尤其在上家政课时穿着围裙的天野。

我在窗外隐约偷看到的时候，因为她这打扮太可爱，让我忍不住想象起跟她的新婚生活，差点要喷鼻血了。

不过，很悲哀的是，天野并不知道有我这个人。

我们不管是班级、学生组织、参加的社团都不一样，因而两人之间没有任何接触的机会。

既然如此，我就主动接近吧！这一年我好几次试图跟她交谈，但是每一次都失败了。天野独自一人的时候多半是在看书，就算我故意从她面前走过、故意发出噪音、故意咳嗽，她也“完完全全”不会把视线从书上移开。

呃，这个……这种人该怎么说来着？

书虫。

不对，文学少女……

没错，就是文学少女！

天野是一位彻头彻尾的文学少女，连在上下学途中也是书不离手。

一边沉溺于书本一边走路的她，大概忽视过我上百次了。

某一天，我抓准天野没在看书的时机，一脸严肃地挡在她即将走来的路线上……

可是那挂着长辫子、像白桃一样娇嫩的小脸出现在我眼前时，我连尾椎都痒起来了，汗水像瀑布一样狂流，紧张得胃开始绞痛，所以我转身冲刺逃离了现场。

我可是连山猪都打得倒的最强男子汉牛园琢已啊！

丢脸啊！这个脸丢得太大啦！

我怀着这种心情，对着炽烈燃烧的夕阳大叫。

“呜喔喔喔喔喔！天野啊啊啊啊啊啊！

我喜欢你啊啊啊！好喜欢啊啊啊啊！”

然后，我伤心地看着从摄影社社员那里买来的天野精选照片，藉以安慰自己。

现在天野应该还是不知道我这个人的存在吧。

如果我在柔道比赛上不停地摔人摔人摔人，得胜得胜得胜，我的英名或许会传到她的耳里吧。

“哇！你是柔道社的牛园同学吗？你上次在比赛里使出的地狱风火轮让我感动得都哭了！我是你的粉丝！请跟我握手！”

就像这样，天野害羞得脸颊泛红，对我伸出白皙小手的那天迟早会到来吧。

没错！一定是这样！

还好其他单恋天野的男生也一样被她视而不见，一个个都打退堂鼓，所以我也可以放心了。

没想到！

升上二年级的时候，出现一个叫做井上心叶的一年级混小子，三不五时就跟在天野身边。

这个死小鬼明明长得一副娘娘腔的模样，是个只要我一招绞技就会噼里啪啦折断骨头的柔弱家伙，可是没想到！他不知道何时进了天野的文艺社，三两下就跟天野成了学姐学弟的关系。

可恶啊啊啊啊啊啊——

暂且先加入同一个社团，再对天野展开攻势——对耶，原来还有这一招。

不过我是柔道社主将，怎么可以抛下柔道，去加入那什么劳什子的文艺社啊？

天野好像很高兴有学弟加入，成天"心叶——心叶——"甜腻腻地叫着井上，一放学还会专程跑到他的教室去接他。

简直就像让妈妈接送的幼儿园小鬼嘛！

我不只一次，甚至两三次看到井上被天野牵着手带去文艺社。

混账！竟然跟我的天野牵、牵、牵手！

绝对饶不了你！

我藏在走廊角落咬牙切齿地看着，一路跟到文艺社的活动室，把耳朵贴在门上偷听里面的动静，结果就听到天野的声音。

“好嘛，可以吧？拜托你啦，心叶。”

她、她在拜托什么啊？

“好啦，快一点啦——”

好甜腻好可爱的声音，还有椅子喀嗒喀嗒摇晃的声音。

呜哇啊啊啊啊！门内到底发生了什么事啊——

我全身血液上冲，正要把耳朵用力贴紧更仔细听的时候，刚好被跑来找我的柔道社学弟撞见。

“啊，主将！你在这里做什么？练习要开始啦。”

“呃，嗯。我只是打算把门当做对手练习一下对招。”

我连忙装出严肃的表情，做出背投的姿势，然后无可奈何地离开门口。

后来有一天，我又跑去贴在门上偷听，这次听见了匹哩匹哩、沙啦沙啦，像是撕纸般的声音，还有天野的啜泣声。

“呜呜……心叶太过分了，老是欺负学姐……竟然让我吃这么……这么可怕的东西。你是坏蛋，是恶魔！”

哇啊啊啊啊啊啊啊！

你对我的天野做了什么啊啊啊？

你给她吃了什么啊啊啊啊？

可怕的东西到底是指什么啊？

井上——

我要杀了你!

当我正要踹开门的时候，柔道社的学弟又出现了。

“主将，你要休息到什么时候？大家都在等你耶，请快点回去吧。”

“不行，我一定要把天野从恶魔学弟的手中救出来……”

“你在说什么啊？”

我们还在争执的时候，天野正好把门打开，高高兴兴地走出来。

“谢谢招待，心叶。明天也要乖乖来参加社团活动喔。”

她用小鸟唱歌般的声音说着，然后从我和学弟身边雀跃地走掉了。

隔天，天野也拉着井上的手说“社团时间到了喔，心叶”，开心地走在走廊上。

“这样很难看，不要牵我的手啦。”

井上嚣张地说完以后，天野抬起长长的睫毛，不安地看着井上。

“好，我把手放开，但你不可以像上次那样逃跑喔。”

“那次你在校园里追着我到处跑，已经让我得到教训了。而且你还喘不过气，摔了一大跤。”

“因为我是文学少女，当然弱质纤纤嘛。”

“只是缺乏运动吧。”

“哎呀，真过分！你对学姐真不体贴。真是的，我看还是别放开好了。”

“拜托别这样。”

他们似乎感情融洽地在斗嘴，我忍不住用两手指甲刮着墙壁，瞪着他们。

可恶，离天野远一点，井上心叶！

只是个一年级小鬼头，竟然跟我的天野在校内明目张胆地卿卿我我，我饶不了你，饶不了你，饶不了你！

◇　◇　◇

“喔喔喔喔喔喔喔喔！去死吧！井上心叶——”

所以，我今天也在河边大声嘶吼着我对天野的爱意，还有对井上的怨恨。

“去死！去死！去死吧！”

井上和天野在交往吗？他们已经做过这种事，还有那种事了吗？我总觉得他们两人之间有一种亲密的气氛，好像共守着什么秘密一样。

“我饶不了你！井上心叶！”

当我对着夕阳痛骂时，背后传来一句话。

“请不要在河边大喊别人的名字好吗？”

回头一看，带着尴尬表情站在我眼前的人，竟、竟然就是井上本人。

“喔喔喔喔！井、井上！”

区区一个外行人也敢悄悄站在我背后，还真是嚣张啊。

我被这突发状况吓了一跳以后，心想绝不能继续败落，于是愤怒地竖起眉毛，摆好架势。

“你来找我单挑吗？真有种，我随时奉陪！”

“不是的，我怎么可能打得赢柔道社的牛园学长啊。”

喔？井上这家伙也说得出这么识大体的话啊。

“牛园学长是不是喜欢远子学姐呢？”

“呃！你你你你你你你你干吗突然说这种话啊？”

我一时吓得六神无主。

“因为牛园学长老是红着脸注视远子学姐，而且还经常瞪我。”

“呃，是你想太多了。”

这家伙竟敢小看我！

井上耸着肩，小声地喃喃说着：“是说有个人动不动就出现，一般人都会注意到的。没发现的只有远子学姐吧，因为她对自己的事情实在太迟钝了。”

哼，搞啥啊，讲得一副很了解天野的样子，果然还是让人不爽。

“然后咧？你知道我喜欢天野后，又干吗来找我？”

井上一脸正经地看着摆出战斗姿势的我，继续说：“我是来帮牛园学长和远子学姐牵线的。”

“什么？”

他看着我瞪大眼睛的模样，露出了微笑。

“因为我不想引起不必要的误会，也不想被人喊些什么杀啊死的。我只是被远子学姐逼着加入文艺社，帮她写些点心作文罢了，绝不是她的男朋友。而且，我也希望她别再那么紧迫盯人了。如果远子学姐找到其他写点心的人，应该不会再纠缠我，这样对我也有好处啦。”

“嗯？啊？写点心是怎么回事？”

“这个啊，现在不需要管这些啦。总之，我来教牛园学长能跟远子学姐好好相处的方法吧。”

“喔喔！是这样啊！井上！原来你是个这——么够意思的家伙啊！”

我感动到胸肌几乎要颤抖，然后紧紧握住井上的手。他露出有点害怕的表情说：“那么，请牛园学长在明天午休时间来图书馆一趟吧。”

◇　◇　◇

隔天，井上先到阅览室，坐在桌前等我。

我重新观察之后，发现他的头发很细，皮肤也很光滑。

这是我们社团里面没有的类型。

知道他不是敌人之后，我突然觉得他还挺可爱的，真是不可思议。

井上发现我来了，就很有礼貌地打招呼说“牛园学长好”，还温柔地笑着。

我在他面前的座位爽快坐下，然后他拿出像笔记本一样的成叠稿纸和自动铅笔，对我说：“接下来要请牛园学长写‘三题故事’。学长知道‘三题故事’吗？”

“不知道。”

“就是像落语那样，用三个题目来即兴创作故事。首先我会说出三个词汇，请牛园学长把这些词汇写成一个故事。”

我歪着脑袋问：“嗯？这个三题什么玩意儿的，跟天野有啥关系啊？”

井上微笑着回答：“远子学姐很喜欢甜蜜的故事，喜欢到几乎想要吃下去喔。所以牛园学长只要写个甜美的故事送她当礼物，她一定会很开心，还会喜欢上牛园学长喔。”

“真、真的吗？”

“嗯嗯，总比只会写诡异故事的学弟好太多了。”

“好！虽然还是不太懂，总之我写就是了！”

“那么，就用‘自行车’‘手帕’‘女儿节’来写吧。熟悉之后只能花四五十分钟，要写到两三张稿纸的分量，不过今天是牛园学长第一次写，所以就不限时了，即使要写到明天也……你有在听吗，牛园学长？”

我已经握紧HB自动铅笔，在稿纸上埋头猛写起来了。

“写好了！”

“咦咦，才三十秒耶……这也太快了吧？”

“哇哈哈哈哈哈哈，决斗时当然要先下手为强，速度胜于一切啊！”

我挺胸大笑递出原稿，井上接了过去，开始读起来。

然后他的表情立刻变得很难看。

手帕夹进自行车，女儿节外生枝。

“怎样？这是手帕被夹到自行车里，导致发生车祸，节外生枝的意思。”

“这样不行。”

“啊？”

“又不是在说冷笑话，请认真地写故事吧。”

“唔唔唔……”

“远子学姐最喜欢爱情小说，所以只要加入这种情节，她一定会很高兴喔。”

“好，包在我身上吧！”

放学后，我把拼尽吃奶力气、全心全意写满三张稿纸的甜甜蜜蜜爱情故事交给井上。

“这次怎样啊？”

井上很沉痛地翻着稿纸。

我起床了。我去厕所了。我畅快排便了。我洗脸了。我擤鼻涕了。我刷牙了。我吃纳豆了……（中间省略）……我带手帕了……我被自行车绊倒了……我跟女朋友欢欢喜喜……女儿节忘记了。

“呃……”

井上愁眉苦脸地想了一下，接着抱住自己的头，最后小心翼翼地瞄着我的脸说：“我来说些基本的规则吧。句子开头请空一格。如果不适时换行，文章会显得很不好读。句型结构也要再稍微多注意一下比较好……每句都用‘了’来结尾，好像不太……至于最重要的内容嘛……这个嘛……”

他又犹豫起来，话讲得吞吞吐吐的。

“呃，总之请先参考一下这本书吧。”

他把一本书拿给我。

“《初恋》格涅屠夫？这是在讲屠夫的恋爱吗？是市场上的爱情故事吗？”

“不是格涅屠夫，是屠格涅夫（Ivan Sergeevich Turgenev）。而且这是作者的名字，书名是《初恋》。”

“喔喔！是这样啊！原来是分开的！”

初恋——真是动人心弦的美丽声响。

“这本书很薄，很快就能读完了。如果牛园学长能写出这种故事，远子学姐一定会迷上学长喔。”

“是吗是吗？好！我要读！”

练习的中场休息时间，我心急地翻开书页，旁边的人顿时吵了起来。

“主将在读书耶！”

“而且是《初恋》耶！到底发生了什么事？”

窸窸窣窣，吱吱喳喳。

喔？怎么突然觉得耳朵好痒？

我一边用拇指挖挖耳朵，一边继续看书。

这时，困意像疯狗浪一样打了过来。

“鼾——”

“哇！主将！”

“请振作一点啊！主将！”

我惊醒过来，发现社员们正抓着我的肩膀用力摇。

“嗯？我刚刚睡着了吗？”

“主将突然砰一声倒下，害我们都吓了一大跳耶！”

“抱歉。不过我还得看书，你们就别管我了。”

我一讲完，又开始翻页，结果……

“鼾——”

“主将啊啊啊啊！”

不知为啥，只要我一翻开书就会有超强的睡意涌上来，脑袋就像被用力敲打一样，意识变得一片空白。

◇　◇　◇

“看来我好像是看书时无法一口气看完一页以上的‘体质’。”

隔天的午休时间，我在图书馆说出这件事之后，井上瞪大眼睛说不出话。

“这……这样的话，语文考试的时候要怎么办啊？”

“不用怎么办啊，只是爽快地拿下红字。”

"爽快拿下……那个，可是入学考试是怎么……我们学校的偏差值还挺高的耶……"

"我没考啊。看也知道，我是靠体育保送进来的。我一直以来都是用肌肉弥补所有科目的分数。"

我斩钉截铁地说完，井上可能是太敬佩了，一句话都说不出来。

"不过呢，为了天野，我还是在休息三十次之后看完了三十页啦。"

"……辛苦了。"

井上深深低头敬礼，然后无力地问我："觉得怎样？"

"唔，一开始有个叫谢尔谢尔什么维奇的人，还有弗拉弗拉什么维奇的人，然后弗拉弗拉就说起他十六岁时的恋爱故事……井上啊，俄国人的名字都这么难念吗？"

"呃……这是……"

"公园的名字也很饶舌啊，叫做涅斯库奇内。"

"为什么只有公园的名字念对了？"

"因为太奇怪了，所以我练习念了好几次。"

"拜托别这样，这又不是在玩绕口令。"

"喔喔，对了！还有一个叫做金娜金娜什么法季，还是什么吉兰达的女人。"

"不是吉兰达，是齐娜依达。麻烦学长至少把女主角的名字记住好吗？"

井上哭丧着脸说完之后，把手贴在额头上。

"……对不起，我没有考虑到牛园学长的'体质'问题。这样看来，学长要读完还得花很多时间，所以还是想个简单点的方法好了。”

“喔喔，什么嘛，原来还有秘技啊！”

井上看着我兴奋的模样，有点敷衍地开口了。

◇　◇　◇

远子学姐一走过来，牛园学长就让书落在地上。

井上的指示只有这一句。

其实我还是搞不太懂，但总之隔天午休时间，我就把《初恋》抱在怀里，埋伏在走廊上。

来了！是天野！

长到腰部的麻花辫，纤细的手脚，柔媚的姿态。

啊啊，她今天一样是这么清纯、这么美丽～

我呆呆望着从我身边静静走过的天野，突然惊觉过来。

不行！天野要走了！

我慌张地放手，把《初恋》掉在地上。

突然间，天野回头了。

至今从来没有对我表示过半点兴趣的天野回头了！

她突然在我眼前停下脚步，盯着我的脚边，然后弯下细细的腰，伸出吻仔鱼一样白嫩的手，小心翼翼地捡起我的书！

"这是你的书吗?"

天野用铃铛一般可爱的声音问道，那对充满智慧的黑眼珠带着温柔善意注视着我。

"是、是啊!"

我的心脏扑通扑通狂跳，还冒了一身的汗，光是回答这句话就让我费尽全力。

天野娴静地微笑了。

"这是屠格涅夫的《初恋》呢，真棒。"

她、她她她她说了"真棒"耶!

天野说我"真棒"耶!

天野把书紧紧抱在胸前，嘴角露出微笑，眼睛闪闪发亮，对着脑袋几乎冒烟、快要喷鼻血倒下的我亲密地说话。

"伊凡·谢尔盖耶维奇·屠格涅夫是俄国作家，他的母亲是拥有广大领地的女地主，而他的父亲比母亲小了六岁，是出身于没落贵族世家的美男子。

"这两人在公元一八一八年生下了次男，屠格涅夫。

"在一八六〇年发表的《初恋》是他中期的杰作，主角弗拉基米尔的双亲也反映出他自己双亲的形象。从这点来看，也可说这是屠格涅夫的自传小说喔。"

啊啊，天野的声音轻柔地搔着我的耳朵。

啊啊、啊啊，天野看起来好开心啊。

"没错,《初恋》简直就像淋上满满焦糖酱汁的烤苹果啊!

"把坠入情网的欢乐、悸动、悲伤全部浓缩起来，放在简短的故事之中，就像焦糖一样苦涩，像烤苹果一样温热。一口咬下，酸酸甜甜的果汁和奶油、朗姆酒的芳香就会一起溢出来喔。

“这个故事是主角弗拉基米尔以回顾过去的方式来叙述。

“弗拉基米尔在十六岁的时候，爱上了搬到他家附近别墅，比他年长的千金小姐齐娜依达。

“齐娜依达既纯真又热情，身边总是围绕着一大群人，就像个女王一样。

“弗拉基米尔渐渐受到齐娜依达吸引的心情让人忍不住喜爱，还会觉得心跳不已喔！

“他被齐娜依达戏耍，有时生气、有时当真、有时失望，青春期少年的单纯心情在那鲜明活泼的迷人文章之中表达得淋漓尽致。

“弗拉基米尔和父亲的关系也好伤感、好精彩啊！他仰慕着父亲，偷偷祈祷父亲也能爱他，像只惹人怜爱的小狗一样，让人心头都揪起来了呢。

“对父亲的憧憬、对齐娜依达的憧憬，以及一切碎裂崩坏时的伤痛和悲哀……就像把淋在苹果上，在冷却后变成麦芽糖状的苦涩焦糖酱汁咬得喀啦喀啦作响……甜美的悲切在心底深处渐渐堆积。

“不过，真的是太美味了。”

天野闭起眼睛，好像很感动的样子，把书本紧紧抱在胸前。

刚刚还靠在我怀里的书，现在竟然贴在天、天野的、天野的、胸胸胸胸胸部！

天野的胸部很扁很平，不过这完全不成问题！

不，应该说这样才好！

美少女就该连胸部也显得柔和内敛才对！

不对，我在胡思乱想些什么啊啊啊啊！

“啊啊，后半急剧增加的悲伤更是教人停不住心悸呢，果真是青春的小说啊。”

我的心脏也不停猛跳着。

没错，这就是青春啊！

“天、天野……”

我意乱情迷地挤出声音。

现在我一定说得出来。

不，一股热血冲遍了我全身上下，让我不得不说出来。

“我、我我我、我好喜欢！”

喔喔！我终于告白了！

天野闻言，有点舍不得地用双手捧着《初恋》还给我，然后很可爱地——对，就像春天花朵一样粲然一笑。

“嗯嗯，我也很喜欢喔。”

◇　◇　◇

我该不会是在做梦吧？

天野她、天野她对我说了喜欢。

天野说她也很喜欢我。

“办到了！我办到了！井上！”

下一节休息时间，我冲到井上的教室，抱着瞪大眼睛的井上转个不停。

“牛、牛园学长……”

“哇哈哈哈哈哈哈！作战计划大成功！都是多亏了你啊，井上！”

“这、这真是太好了。那就请学长快点放开我吧！不要再转圈啦！”

“哇哈哈哈哈哈哈！”

我还是继续转着，并把脸贴住井上的脸颊，一边大叫：“井上！我要在我心中为你这个恩人立一尊铜像，膜拜一辈子啊啊啊！好耶！我们是两情相悦耶！”

“拜托不要立什么铜像，更不要大叫什么两情相悦的！还有，赶快放开我啦！”

井上害羞得脸都红了。

嘿，真是个客气的家伙。

……不过，相爱的男女要做些什么呢？

总之，首先应该是要一起回家吧？

放学后，我急急忙忙跑到天野的教室。

我从教室的后门偷看里面。喔喔，天野在。她把课本塞进书包，正准备要回家。

从她低着的侧脸旁边垂下来的乌黑麻花辫真是太可爱了。

“天……”

我正要叫她时，她突然抬头看着我这里。

喔喔！这是爱的心电感应吗？

在她的脸上，那包含着压抑不了的爱情，像花一样的微笑——并没有出现。

何止没有微笑，她甚至鼓起脸颊、竖起眉毛，眼中隐含抑制不了的怨恨瞪着我。

我受到极大的打击。

为什么？为什么用这么凶狠的眼神看我？

她简直就像盯着响尾蛇的獴哥，或是瞪着武藏的小次郎一样，用充满斗志的眼神看着我。

难道天野讨厌我了？为什么？我们在午休时间时明明还是两情相悦的啊？

为什么她突然散发出这么讨厌我的气氛？

天野好像随时都要竖起尾巴、发出咆哮，朝我冲过来的样子。

我全身冒出冷汗，忍不住转身跑走。

“井上啊啊啊啊啊啊！！！！”

我在走廊上逮到井上，然后把他拖到校舍后面。

“这是怎么回事啊？井上！为什么天野会那样瞪我？”

“牛、牛园学长突然这样问，我也不知道是怎么……哇！”

我揪起井上的领子，用尽全力摇着他。

“你是不是跟天野说了什么？快说啊！是怎样啊？”

井上浮在半空的双脚踢来踢去。

“我、我什么都没说啊！”

当他这样大叫的时候……

“快放开心叶！你这牛魔王！”

我一回头，就看到鼓着脸颊、横眉竖目的天野全身散发怒火站在我背后。

为为为为为为什么天野会在这里？

而、而且，她、她刚刚叫我牛魔王……

我因为惊吓过度而松手，井上于是咕咚一声摔到草地上。

“心叶！”

天野推开我，冲向井上，很担心地跪在地上看他的情况。

“你没事吧，心叶？啊啊，衣襟上的钮扣都扯掉了，好可怜啊。我一听见你被牛魔王拖走，就立刻跑来救你了。”

井上露出很头痛的表情。

这是怎么回事？到底发生了什么事？

天野像是要保护井上似的，站在前方挡着他，然后抬起下巴，像是看着不共戴天的仇人一样瞪我。

“你以为我不知道你对心叶有所企图吗？我可是清清楚楚地看到你在心叶的教室外面晃来晃去喔。都这种时候了还来挖角新生，实在是太下流了！心叶是属于我们文艺社的！我才不会把他让给什么柔道社！”

这一句“心叶是属于我”在我脑袋里面不停播放。

“为什么？天野远子！你说很喜欢都是骗我的吗？”

我这样大吼后，天野就把双手环抱在胸前，毫不迟疑地说：“没错，我是很喜欢屠格涅夫的《初恋》！可是，就算喜好相同，我也不容许任何人对我重要的‘点心写手’心叶下手！”

喜好？屠格涅夫？而且，她又说了！

她又说“我重要的心叶”……

“柔道社不是已经有很多可爱的一年级新生吗？我们文艺社只有心叶一个人，所以我绝对不能让他被抢走！

没错，与其去什么柔道社，我们文艺社更——适合文弱的心叶啊！跟心叶两情相悦的应该是文艺社！

如果你想继续强迫拉人的话，我这个文学少女也会勇于接受挑战！来啊！有什么招式都尽管用出来吧！”

在天野的背后，井上满脸通红，嘴巴一张一合的。

“我只有心叶一个人”“绝对不能让他被抢走”“两情相悦”，天野每说一句，就像有一把大菜刀噗喳噗喳地刺进我的胸口。所以，我最后终于哭着跑走。

“哇啊啊啊啊啊啊——”

呜呜，咿咿，咻，咳咳，呜呜呜，嘶噜噜噜噜，呜呜，咿咿咿……

我坐在河边，一边流下跟眼睛同宽的两行泪，一边读起《初恋》。

平时我只要读一页就会睡着，今天却觉得胸口痛到不行，一点都不想睡。

咿咿，呜呜，真过分，真过分，太过分了。我一直是那么喜欢她，她却叫我牛魔王。呜呜，咿咿……

夕阳把河边染红的时候，柔道社的社员跑来找我了。

“主将，请打起精神吧。主将还有我们不是吗？”

“就是啊，一起打进全国大赛吧。”

“你、你们……”

“主将啊啊啊啊！”

社员纷纷抱住了我，我也一边流泪一边抱着他们。

对啊！我还有柔道社，还有这么多好伙伴不是吗？

天野算什么东西，算什么东西啊！

虽然这样说，但隔着泪水看到的朦胧夕阳却像烤得太焦的苹果，让人觉得好苦。

我在咸苦泪水浸湿的心底跟伙伴一起誓言要走向明天，而刚刚才读过的《初恋》里的一句话却悄悄浮了出来。

请你相信，齐娜依达亚历山大罗夫娜，不管你做了什么，或是怎么戏弄我，我都会爱着你、崇拜你一辈子。

文学少女今天的点心

～《更级日记》～

我看过这样的远子学姐。

在五月的黄金周结束后，在飘散着嫩叶香气的清晨通学道路上，穿着学校制服的女学生漫步走着。

像柏树一样苗条的躯体。

垂到腰间的长长麻花辫像猫尾巴一样摇晃不停。

她秀气地低着白皙的颈子。那一定不是因为心情低落，而是正在专心读着手上的书吧。

啊，是远子学姐。

她又一边走路一边看书了。

这样不是很危险吗？她有没有好好地看着脚边和前方啊？

以前我曾经看过文艺社活动室里晾着袜子。

——圣诞节还早得很，这是在搞什么啊？

我正看着袜子的时候，后面就传来啪嗒啪嗒的脚步声。

"太好了，总算干了！我在读黑塞的《流浪者之歌》时，因为看得太投入，所以不小心一脚踩进水洼。还好今天是大晴天，这一定是释迦牟尼的引导啊！"

她笑容满面地说着不知道要引导什么，又不知道要把人引导到哪里去的话。

然后她坐在铁管椅上，慢慢脱下室内鞋，接着在我面前穿起袜子。

现在是万里无云的晴朗五月早晨，道路上没有积水。

远子学姐专注地读着书。

如果轻率地叫了她，结果一大早就得听她高谈阔论，那就麻烦了，所以我只是保持适当距离跟在她身后走着。

这时，远子学姐突然停下脚步。

她一边捧着翻开的文库本，一边盯着右侧路肩。

那里是垃圾集中处，堆满了报纸、杂志、空罐、宝特瓶等资源回收垃圾。

就这样，一秒、两秒……

她伫立不动，一直凝视着垃圾山。

最后她点点头，走向那里。

咦？咦？咦？

她走到垃圾山前，蹲了下去，然后唇边很开心地绽放出笑容。

淘气地、可爱地，很天真地笑了。

那个乍看之下很可爱的笑容给人一种不祥的预感，我的背脊都毛了起来。

就当做没看见吧。

我依照过去的经验做出这个决定，然后转个方向，从路边绕了过去。

◇　◇　◇

放学后，我像平时一样去了文艺社。

位于校舍西侧角落，被旧书占据的小教室里不知为何充斥着油漆的味道。

溅上红色的报纸揉成一团躺在垃圾桶里。

……这到底是怎么回事？

“来吧，心叶。今天的题目是‘竹叶船’‘情书’‘撑竿跳’，要写个浪漫动人的甜美故事喔。限时五十分钟，好，开始！”

远子学姐喀嚓一声按响了银色的秒表。

我拿着 HB 自动铅笔在稿纸上写字的时候，远子学姐规矩很差地抬脚坐在窗边的铁管椅上，翻起看到一半的文库本。

然后她郑重其事地从边缘撕下书页，送进口中。

远子学姐是个吃故事的妖怪。

只见她窸窸窣窣地咀嚼着印在纸上的文字，带着幸福的表情吞下去，然后开始发表评论。

“啊！太好吃了！《更级日记》的味道就像在女儿节吃到的荷包寿司呢。那是在醋饭里大量拌入饱含高雅汤汁的香菇，烤到松松软软的星鳗，香气浓郁的白芝麻、栗子，再用香甜的薄蛋皮俏皮地裹起来喔。虽然是平安时代写成的作品，却让人觉得距离好近、好可爱，而且大受感动，但是读到越后面，醋的味道就越强，最后还会有人世无常的感触渗透到整个心房。作者菅原孝标女是生在将近千年以前的贵族小姐，她的祖先就是被誉为学问之神的菅原道真，而姨妈则是写了《蜻蛉日记》的菅原道纲母喔。心叶知道菅原道真吗？”

我伏在橡木桌上，一边在稿纸上写着三题故事一边回答：“就是在政治斗争之中落败，被贬到太宰府，唱些钻牛角尖的和歌，最后变成怨灵的那个人对吧？”

“呃，啊……那个，怨灵就不用提了。”

远子学姐似乎有点惊慌失措。

“而且我根本就不相信怨灵或是鬼怪这些东西。那都是人们在心里想象出来的迷信啦，一点都不恐怖。”

她用有些僵硬的笑容说着，然后又拉回话题。

“嘿嘿，总之呢，《更级日记》的作者就是诞生在这个书香世家里喔。她的童年时代因为父亲工作的缘故，是在远离京城的上总之国长大。她在那里听到京城很流行的《源氏物语》故事内容，就好期待能亲自读读看呢。叙述少女时代故事的这个部分，真的好可爱、好有朝气啊！就像在嘴里咬碎烤得薄如羽毛的香甜蛋皮，雀跃不已地期待吃到里面松软的星鳗和爽口的栗子一样！她向佛祖祈祷能看遍所有故事的心情让我感同身受，还有她光是读了《源氏物语》的〈若紫〉一卷，还没看上下文，就被感动得无法自已，这也都说到了我的心坎上啊。就这样，她终于得到了完整的五十卷《源氏物语》喔！这里是最棒、最让人心动的酸甜美味啊！”

远子学姐以狂热的语气开始朗诵我在古典文学课堂上听过的段落。

急奔急奔，终究寻获，怀拥朝思暮想源氏之一卷，无心顾及旁人，伏于屏风之内，缓缓取出凝视，但觉后位于我何有哉……

“啊啊！我懂！我懂这种心情啊！一边想着还有后续、还有得读，一边拿起堆积如山的书本翻开书页的那种喜悦！那种无上的兴奋！那种奔驰的感受！‘急奔急奔’——每次念出这个部分，她体会到的甜美幸福感受就会满满地扩散在舌上喔。像是双手捧着荷包寿司大口嚼食，实在无法一口吞下，就是这样更让人觉得幸福、觉得美味，既开心又感动。啊啊，我也一样，与其得到王子的求婚，我宁可选择饱读故事的幸福！”远子学姐激动地断言，然后抱着吃到一半的文库本，闭眼叹气，“除此之外，书中还有前往京城一路上的旅途风光、在途中听到的风土民情、跟姐姐和继母之间的深刻交流，这些充满绝佳风味的部分呢！一口咬下香菇时渗出的汁液真是太棒了！星鳗在嘴里散开！醋饭微硬的口感和栗子甜美滋味的搭配也是绝妙透顶！就连绑着蛋包的葫芦干都好有嚼劲，好好吃啊！”

然后她睁开眼睛，换成平静的口气继续说。

“这本日记不是她在十几岁的时候写下，而是五十多岁的她回想过去而写的。所以她知道自己不会永远沉溺于美梦，而是会慢慢接受现实……最后她失去了很多东西，还变成孤零零的一个人……可是啊，我觉得像这样怀念地、温馨地缅怀过去，绝不是一件不幸的事。等到年龄增加十岁、二十岁之后，对这本日记感同身受的部分一定会增加，因此还能品尝到另一番滋味——我是这么想的。”

远子学姐想象着那样的滋味，嘴边浮起温暖的微笑。

过了十年、二十年后，远子学姐会变成怎样的大人呢？到了那时，她还会自称是“文学少女”吗？

“对了对了，还有啊，最后一章读完以后也别就此放下，要再从头读一次喔！

“这么一来，少女时代回忆的伤感和悸动一定都会增加，能让人品味到无法言喻的深奥风味！”

就这样，她狂热地说完这一大堆话，又回头继续用餐。

她满心欢喜地吃得窸窸窣窣、稀里哗啦，一边用充满期待的眼光看着我。

“嘿，心叶，我觉得吃完荷包寿司之后，很适合再来个橘子果冻当甜点呢。”

“有这种要求就请早点说啊。”

我把刚写好的两张稿纸撕下递给她。

“好，写完了。”

“耶！我要开动了——”

远子学姐立刻接过去吃了起来。

“唔唔……要送情书给练习撑竿跳的学长啊。呵呵，好可爱啊，好像是充满气泡的哈密瓜苏打配着香草冰淇淋一起吃的味道，喉咙深处都觉得刺刺的呢。咦？奇怪……咦咦？等一下！为什么学长要搭着竹叶船展开撑竿跳修行之旅啊！讨厌！哈密瓜苏打就像掺进塔巴斯哥辣酱的味道啦！喉咙被辣得好痛！漂在上面的也不是冰淇淋，而是水母啦！心叶，太过分了，最后写得太敷衍啦啊啊啊！太偷懒了！”

努力把故事全部吃完的远子学姐哭丧着脸瞪我。

“呜呜，难得我从一大早就觉得今天是个好日子的说……”

我想起远子学姐异常的举止，不由得心中暗惊。

“今天一大早怎么了吗？”

“还不能告诉心叶喔。”

她大概还在记恨哈密瓜苏打掺了塔巴斯哥辣酱的事，生气地鼓着脸颊，但是一下子又天真可爱地嘻嘻一笑。

“那是很——棒的事喔，你以后就会知道的。嘿嘿嘿，好好期待吧。

“啊啊，我也好希望能像《更级日记》的作者一样，吃遍世上所有的故事啊。”

我又想起刚走进社团活动室时闻到的油漆味，丢在垃圾桶里的报纸和上面沾染的红色痕迹也再度浮现于我的眼底。

不安逐渐加强，一股寒意涌来，我忍不住浑身打颤。

我在几天后才知道，远子学姐在学校中庭非法设立了她从垃圾集中处捡来的信箱。这个用油漆重新粉刷过的信箱上面写着：

“帮您成就爱情，需要的人请写信来。

by 文艺社所有成员”

文学少女和革命的劳动者

“心叶是属于我的！我绝对不会把他让给你这种人！”

在脸颊鼓得像气球并大喊的“文学少女”背后，我面红耳赤，嘴巴一张一合。

二十分钟以后……

“拜托你有点分寸好吗？我什么时候变成你的东西啦！”

牛园学长流下男儿泪跑走以后，我在文艺社活动室里对远子学姐大发怨言。

她为什么偏偏要对牛园学长说些“跟心叶两情相悦的是我”“我不会让心叶被人抢走”之类的话啊？

“因为……因为，心叶是重要的文艺社学弟嘛……”

远子学姐大概察觉我是真的动怒，所以一边畏畏缩缩地低头回答，一边还偷偷观察我的表情。

在这种情况下，要加上“重要”的不会是“学弟”，而是“文艺社”。我跟远子学姐之间完全没有任何暧昧情愫，就像不含糖的饼干一样，是毫无风雅或情趣的关系，可是她却突然叫出那种像是告白似的台词，真是让我吓坏了，也实在是太丢脸了。

远子学姐讨好地露出笑容。

“嘿，心叶，不要用那么可怕的表情瞪我嘛。心叶应该也喜欢文艺社胜过柔道社吧？与其在柔道社里被人摔来摔去、压来压去、绞住手脚痛得惨叫，还不如在文艺社里静静坐着，悠闲地写故事吧？心叶也是爱着文艺社的对吧？”

“我被霸道的学姐硬拉进社团活动室，又被迫写入社申请书，哪会有什么爱啊？我又不是被虐狂。”

“呃，可、可是，心叶被那么粗壮、鼻孔那么大、鬓毛那么浓密的牛魔王盯上了耶！”

她情绪低落地垂下眉梢，然后又振振有词地说：“在这种时期跑来挖角软弱的心叶加入柔道社，实在是太奇怪了。他一定是企图让心叶成为自己的‘弟弟’，我这‘文学少女’是不会轻易让他蒙骗过去的！我在《雨月物语》和《好色五人女》都看过那种人。心叶绝对是‘受’喔！这一方的身体负担可是很大的！还会有撕裂伤，是很可怕的喔！”

“你在擅自想象什么啊？拜托别再说了！这已经是性骚扰！”

“可是，心叶真的在校舍后面被牛魔王袭击了嘛。如果进了柔道社那种地方，每天都会被人拿练习当借口做些下流的事喔！”

她鼓着脸颊，探出上身如此断言，害我都快要头昏了。

在此同时，我也对牛园学长感到比海更深的同情。

他想要接近的不是我，而是远子学姐呢……

但是他却被当做要抢走人家学弟的男同性恋者，还被对方怒视、痛骂，又是批评又是践踏。我想很少有人会失恋得这么惨痛吧。

牛园学长虽然外表吓人，但他并不是坏人，只是爱上了远子学姐这样迟钝的人啊……

远子学姐大概是把我颓丧低头的动作解释成“感谢她的搭救”，所以心情突然好转，还从旁边盯着我的侧脸，开朗地笑着说：“没事的，我会保护心叶！”

她脖子一倾，像猫尾巴一样的细长麻花辫滑下肩膀，那双睿智的黑眼珠柔和地望着我。

看到远子学姐这样直截了当地表示善意，还露出这么包容的眼神，我不由得感到胃壁阵阵作痛，忐忑不安。

“请别这样，我干吗要让女人保护啊？再说你何必为我这么操心？”

远子学姐突然皱起脸，露出像是要哭的表情，然后深深地凝视着我。

我后悔地想着自己是不是说得太过分了，她却更伤心地含泪悲痛大喊：“因为、因为，文艺社没有其他能让我操心的新生嘛！”

我听得差点跌倒。

是啊，文艺社只有社长远子学姐和一年级的我这两名社员而已，这个社团为什么还没倒啊？

远子学姐缩着上身坐在铁管椅上，一边还拗着脾气说：“唯一的学弟竟然这么冷淡，再也没有像我这么不幸的学姐了。”

“……好啦，我知道了！那我就带其他一年级新生来吧！”

我苦着脸回答。

◇　◇　◇

如果新社员变多的话，她应该就不会再纠缠我了吧？如此一来我就能退出文艺社这鬼地方，也能跟奇怪的学姐断绝往来。

隔天，我立刻去试探班上同学的意愿。

“啊？文艺社？”

“嗯，有没有人现在就能入社？那里不会有什么重大活动，平时还挺闲的，也可以在活动室写功课，很值得推荐喔。”

“我已经加入田径社了。”

“我是围棋社的。”

“社团活动有够麻烦的，所以还是算了。我们学校的课程进度又那么快，不从一年级就开始努力的话，好像很容易落榜耶。”

每个人都面有难色。

“什么什么？文艺社在募集社员啊？我可以加入吗？”

“咦？真的吗？田中同学！”

“是啊。你想嘛，文艺社不是有个很漂亮的学姐吗？那位天野学姐真不错耶，感觉是个温柔贤淑的传统女性，一定很擅长下厨也很居家吧？只要加入文艺社就能接近她，真是超幸运的！”

“呃……我想远子学姐应该不怎么擅长下厨吧……”

因为她是妖怪，所以吃不出食物的味道。

还有……什么温柔贤淑？什么传统女性啊？

她屈膝坐在铁管椅上，一脸幸福地撕下书页来吃的模样浮现在我脑海中。她那裙底风光随时会外泄的模样，哪里温柔贤淑啦？

就算远子学姐不是优雅千金小姐的事情曝光了，我也觉得无所谓。可是，如果她是吃书妖怪这件事泄漏了，事情闹大可不太妙。

田中同学的口风看来不怎么紧，如果他知道了远子学姐的秘密，八成会在校内到处宣传。

“所以呢？入社申请书交给你就行了吗？”

“呃，这个……入社之前还有考试，得先读熟《源氏物语》五十四卷然后交出报告才行喔。”

“啊？搞什么鬼啊？我才没空做这么麻烦的事咧，还是别加入好了。”

“……是吗？真可惜。”

我赔着笑脸说。

情况好像比我想象的还严重。

放学后，我愁眉苦脸地走到社团活动室，听见里面传出烦恼的沉吟。

“呜，不行……我撑不下去了……呜呜……”

远子学姐就像平常一样脱下室内鞋，规矩很差地屈膝坐在窗边的铁管椅上。她一边翻着放在腿上的书，一边从边缘撕下书页塞进嘴里。

每吃一口，她就皱起眉头抿紧嘴巴，颤抖着缩起身体。大致上都跟平时一样，但是又有些不同。

“怎么用力成这样？便秘了吗？”

“啊，你好，心叶。真是的，怎么可以这样对女生说话呢！”

她生气地鼓起脸颊，但又立刻眯起眼睛。

“不过今天我没去接人，你就自己来了，真了不起。”

“只是闲着没事做。”

我转开视线，把书包放在桌上。

“在读什么啊？”

“这是小林多喜二的《蟹工船》喔。”

她像是很高兴听到我这样问，喜形于色地回答。

“多喜二是一九〇三年十月十三日出生于秋田县的作家。若说到普罗文学，就不能不提多喜二啊。”

“普罗文学就是大正时代、昭和时代初期那种阴沉郁闷的故事吗？”

“这样说不太恰当啦，普罗文学的确有些沉重，多半以活在社会底层、被辛苦劳动压得喘不过气的人们作为题材。不过，如果认为这本《蟹工船》只是阴沉郁闷的故事，那可就大错特错了！”

远子学姐把书本抱在扁平的胸前激动地大叫。

“没错，《蟹工船》就像是鱼骨和细切的牛蒡、蒟蒻、蔬菜在大锅里面煮出来的酒糟鱼汤啊！浮在浓稠白色汤汁上的鲑鱼头或鲷鱼头虽然有点可怕，但只要鼓起勇气尝过一口，那鲜美的滋味就会颤动舌尖，让人陶醉在酒糟粗犷的香气里，肚子和心里都会变得暖烘烘的哟！

“所谓的蟹工船，就是捕捉螃蟹再加工做成罐头的渔船。虽然是船，却不适用于航海法；也算是工厂，却不受限于工厂法——在这艘业主能够为所欲为的船上，背负着各种理由离家讨生活的贫困劳工为了廉价的薪资，只能像家畜一样让人苛刻地使唤。

“他们只能住在被称为‘粪坑’的肮脏舱房，任人拳打脚踢、斥喝辱骂，就算受伤或生病也都不能休息，非得死命工作到不成人形为止呢。”

远子学姐就像亲眼目睹了那样的悲惨情状一般，说得脸色都发青。

“有个杂工忍受不了严苛的劳动，躲进锅炉室，却因为肚子饿到发慌而被逮到，然后就被关在厕所里。厕所传出了号哭的声音，但到了第二天，这声音渐渐变得微弱，嚎叫声也变得断断续续。后来里面不再传出敲门声，外面的人敲门也听不见回应——那天深夜，脑袋栽进厕纸篓的杂工被拖出来时，已经‘嘴唇青得像沾上蓝墨水，显然是死了’。此外，贴在工厂门口的告示也很恐怖喔！”

远子学姐用加重的语气读起告示的内容。

“见有怠工者，加以‘淬火’；结伙怠工者，令作‘堪察加体操’，扣除工资，返回函馆送交警方作为惩处；敢对监工稍有反抗，则须处以‘枪决’。

浅川监工　杂工长”

“什么是堪察加体操啊？”

我有点好奇地发问，远子学姐非常认真地回答：“那是《蟹工船》里最大的谜喔。据说由来是跟俄国的堪察加半岛有关啦。我想那绝对是痛苦、残酷、可怕到让人不敢写出来，像地狱一样的体操啊！可能会啪啦啪啦地折断骨头或是会破两三个内脏吧。”

这到底是哪门子的体操啊？

“总而言之！用方言写下的对话，还有粗糙而写实的文风，就像在看纪录片一样，在翻开书的读者面前鲜明地刻画出劳工们悲惨的现实啊。

“后来，受尽凌虐的劳工们梦想俄国能够成为一个没有压榨剥削的平等国度，终于发起罢工行动！这里会让人看得捏把冷汗呢。不过，最后因为帝国海军到来，还是以失败告终……”

“国家公权力本来就是动摇不了的啊。”

我喃喃说着“怎样都无所谓啦”，结果远子学姐很害怕地浑身发抖。

“讨厌啦，都是心叶提到国家公权力，害我想起作者小林多喜二的死法了。多喜二是被特别高等警察盯上，受酷刑折磨而死的。他的作家朋友写下了遗体的模样，看起来真是超痛的耶！凄惨到极点……太阳穴上有五六个地方出现十元硬币大的淤伤，还有红到泛黑的内出血，脖子上亦有被绳子勒过的深痕，脱下他的裤子一看更是恐怖，他的下半身……啊啊啊啊啊啊！我说不下去了！光是想象嘴里就会发酸，喉咙好像被掐住……啊！讨厌讨厌！别想了别想了！”

她抱着书拼命甩头。看来我刚到社团活动室时听到的沉吟，就是她想到降临在小林多喜二身上的恐怖遭遇而发出的声音吧。

真亏她能这么投入于故事或作者的世界里，不是文学少女的我还真是一点都没办法理解。

“所以你应该没有食欲了吧？那我可以回去吗？”

远子学姐一听，猛然抬头说：“你在胡说什么啊，心叶？我的胃肠才没有这么软弱呢。在吃过酒糟鱼汤之后，还是该来个甜美细致的甜点才行呢。所以，今天的题目是‘酱油烤团子’‘法会’‘洗碗机’，限时五十分钟。好了，开始吧！”

她笑着喀嚓一声按下银色的秒表。

叫我用“酱油烤团子”这种题目写出甜美细致的点心？她没搞错吧？

我在错愕之下翻开五十张一本的稿纸，拿起 HB 自动铅笔开始爬起格子。当然，我才不打算写什么甜美的故事……

远子学姐在铁管椅上重新坐好，继续读书。她一边用纤细手指翻书，不时还看着我，开心地眯起眼睛。

想必她一定很期待我写好点心吧？

她脸上有着会让人联想到典雅气质文学少女的娴静温柔表情，细细的麻花辫披垂在水手服的胸前。

“嘿，心叶。”

限制时间过了一半左右时，远子学姐沉静地喃喃说着。

“昨天心叶不是说‘我为了文艺社会带其他一年级新生来’吗？”

不，我才没说“为了文艺社”咧。

“我听到心叶这样说，真的好高兴喔。我心想，原来心叶也这么为文艺社着想啊！心叶终于开始喜欢文艺社了呢！”

我往旁边偷瞄一眼，发现远子学姐停下吃书的动作，看着我微笑。

那个笑容仿佛围绕着闪闪发亮的淡淡光辉，显得温柔又甜美。

我又觉得胃壁开始抽搐，急忙转开目光。

不妙，总觉得好像看到了什么不该看的东西。

我根本不想再写小说，也不想跟别人牵扯过深。明明想要快点退出这个社团，却好像一直随着这个奇怪的“文学少女”起舞，迟迟走不了……

不，不能这样！再这样下去，绝对不会有什么好事。我最讨厌爱管闲事又粗线条的人了！还是快点帮她找个新社员，尽早逃走吧。

“写好了。”

“谢谢，我要开动了。”

远子学姐笑眯眯地伸出双手。

五分钟后……

“呀啊啊啊啊啊啊！在法会之中偷吃了酱油烤团子，竟然被洗碗机咬住——这个洗碗机好可怕啊！这味道就像高野豆腐泡在碳酸饮料里面一样恶心啦！”

有如遭受酷刑般的惨叫声，响彻整间社团活动室。

◇　◇　◇

我该怎么做，才能找到看见远子学姐像山羊一样啪沙啪沙地吃纸也不为所动的沉默寡言一年级新生入社呢？

隔天，我坐在教室的课桌椅上苦思。

一想到远子学姐啜泣着把最后一张纸片拼命吞下的模样，我就觉得心情郁闷。

真亏她吃得下那种乱七八糟的故事啊，我被莫须有的罪恶感刺得胸口发疼。

看来还是得快点找到能取代我的社员，然后把那人推去当远子学姐的点心师傅。

我再次下定决心。

“井上，外面有人找你喔。”

“嗯？找我？”

我走出去就看见一位没见过的男生站在走廊上。

他的制服笔挺，看起来就像全新的，应该跟我一样是一年级学生吧？

他理了像栗子一样的朴素小平头，比我还要高很多，体形健壮，有宽阔的肩膀和厚实的胸膛，而且晒得好黑。但是他的表情和围绕在他身上的气氛都非常黯淡，简直像在守丧一样，脸色凝重地低着头。

“呃……请问找我有什么事吗？”

“在下是一年七班的石杢。”

不知为何，他竟然对同学年的我使用敬语。

“对不起，您是文艺社的井上同学吧？”

“是啊……”

他为什么提到文艺社？

“我想请您跟我走一趟。”

“那个……”

“这里不方便说话。”

他好像在戒备什么似的，缩着肩膀迅速地四下张望。

“请您假装成陌生人，跟着在下走。”

“等等……”

“嘘！请别跟在下说话。”

被石杢这样低声斥喝，我只能满头雾水地落后几步跟着他走。

他到底想要谈什么？为什么不能在教室谈？

石杢缩着身体，以急促的步伐爬上楼梯，到达人烟罕至的走廊，接着进了男厕。

我无可奈何地跟进去。

里面安静无声。石杢仔细盯着门口，确定除了我们以外没有其他人，才转头对着小便斗。

“那个，到底要谈什么事？”

“请看着前面，自然地装出上厕所的模样。”

“为什么要这样啊？”

“这是为了小心起见。”

我满腹狐疑地转头面对小便斗。

石杢同学用耳语般的低沉声音悄悄说：“听说文艺社正在招募社员，这是真的吗？”

“咦？啊，嗯，是这样没错。”

“在下希望能加入文艺社，可以吗？”

“啊？”

我不由得发出惊叫。

“不行吗？”

“呃，这个……”

这种事有需要专程跑来很少人使用的厕所里，面对着小便斗商量吗？

不过我确实正在积极招募社员，而且石杢看起来也不像多话的人。

“石杢同学，你的口风很牢吗？”

“是的。就算脑袋被哑铃敲破、被用打火机烧过的十元硬币烙印、被钉鞋踩住手、被泼了洗抹布的脏水、被人拿麦克笔在脸上写‘受罚的猪’，在下也不会吭一声的。”

“这、这例子也太恐怖了……不过，我们的确很欢迎能保守秘密的人。”

“是这样吗？真是感激不尽。就算要在大雨天裸身跪坐在泥土地上五个小时、把手腕关节反折到喀达喀达响、手机在一天内收到五百封写着‘下地狱吧’的短信，在下也会保持沉默。”

“你举的例子实在太恐怖啦！”

“啊，除了在下以外，还有一些人想要入社。”

“这是没关系……”

所谓的一些人，也就是说有两人以上？如果再加上石杢同学，一下子就有三个人要入社了耶……

“那么、那么，可以请你们在放学后来一下文艺社活动室吗？只要填写完入社申请书，立刻就能加入了。”

“在这之前，您能先跟在下的同伴们见个面吗？”

“咦？我吗？”

“有些关于文艺社的事情想要请教一下。”

呃……大概是入社说明会之类的情况吧？

“这样的话，与其找我还不如找社长……”

“不，不能找天野学姐。大家都知道天野学姐是文艺社的社长，这样太危险了，还是井上同学比较朴素、比较不起眼。”

说我朴素又不起眼……可是究竟哪里危险了？

“事情就是这样，所以，在下这伙人要入社的事还请您帮忙保密。”

他流露认真的眼神。事情就是这样……到底是怎样？

“只要在入社之前保密就好了。直到在下这些人好手好脚地当上文艺社社员之前，请绝对不要把这件事告诉任何人。”

“那个，所谓的好手好脚是什么意思？到底会发生什么事啊？”

石杢同学脸色僵硬地说：“这个就连在下也不知道。”

不安的情绪缓缓爬上我的背。我该不会被卷入什么严重的事态吧？

“那么，在下放学后就去接您。”

“等、等一下！我完全听不懂你在说什么啊！总之先解释一下……”

“在下只是遵照盟约而行动罢了。”

盟约？他说了更莫名其妙的话，我听得都愣住了。一般高中生平时应该不会说出盟约这种词汇吧？

“在下先走一步，井上同学请等三分钟之后再离开。”

说完以后，石杢同学就自己走掉了。

盟约到底是什么意思啊？

放学后，石杢同学在班会结束时悄悄地出现了。

“请跟着在下走。”

“石杢同学，我突然有急事……”

“请不要跟在下说话，这是为了井上同学的性命安危着想。”

我的背脊又发麻了，性命安危听起来真是非同小可。

石杢同学带我去的地方是游泳池旁的淋浴间。

门打开以后，我顿时大吃一惊，因为这个弥漫着刺鼻消毒水味道的地方站了十几个男学生，而且所有人都紧盯着我。

“！”

他们全都理了小平头，每个人都是浑身结实肌肉，表情严肃紧绷，散发出凶险的气氛，就算有人说这是土匪的山寨我也不会怀疑。他们好像随时都会冲过来把我剥光，我吓得心脏都缩起来了。

其中身材最高，面貌最凶恶——完全看不出是高中生的那个人，对我投以锐利的视线，以充满魄力的声音说：“你是文艺社的新生吗？”

“是、是的，我是。石石石石石石杢同学，难道这些人全都想要加入文艺社吗？”

“正是。”

这些人不管怎么看都不像是喜欢读书的文学少年啊？为什么会想要加入文艺社？而且还这么多人！再说这些人应该不是新生，而是高年级的学生吧？

“井上同学，请谈谈文艺社的事情好吗？”

“呃，这个嘛，我也才刚入社不久，知道的不多……总之呢，社长只会在活动室里懒散地看书，动不动就长篇大论，或是吃吃点心，除此之外也没其他活动……”

他们突然骚动起来。

“在社团活动时间可以懒懒散散的？不会被踹飞吗？”

“除了呼吸以外，发出其他声音也不会被人拿金属球棒殴打，也不会有哑铃飞过来把墙壁砸出一个大洞？”

“喔喔喔喔，竟然还有点心！文艺社竟然有点心时间啊！”

我吓了一大跳。

这些反应是怎么回事？为什么大家都震惊地探出上身吵成一团？为什么用惊讶和羡慕的眼神望着我？而且为什么、为什么还有人在哭啊？

“文艺社好自由啊。”
“而且没有规定也没有罚则耶。”
“也没有会虐待我们的教练。”
“更没有御殿山体操！”
“咦？御殿山体操是什么啊？”
我的疑问被淹没在这片雄壮的呼喊之中。
“如果加入文艺社，我们就能活得像个人了！想说话的时候就能说，想吃点心的时候也能吃了！”
“文艺社真是天堂啊！”
“是啊！去天堂吧！”
“实现盟约的时刻已经到来了！”
那些黯淡的表情都充满了希望，狭窄的淋浴间里充满欢欣鼓舞的气氛，令我不禁想要早点离开。
盟约究竟是什么东西？这些人是谁？难道远子学姐又背着我做了什么事吗……
这时，淋浴间的门发出砰然巨响打开了。
“惨了！被螃蟹知道了！”
螃蟹？这次又来了个螃蟹？
冲进来的是个脖子像山猪一般粗厚的男学生，发型一样是小平头。他的额头满是鲜血，还睁大眼睛，剧烈地颤动肩膀喘气。
我的身后纷纷响起悲痛的叫声。
“什么？螃蟹知道了？”
“消息走漏了吗？”
“进藤他……进藤他怎么了？”
“进藤同学……去绊住螃蟹了……呜！”

“谷口！”

“振作点啊！谷口！”

他当场不支倒地，其他人踩着如雷的脚步声冲过去围着他。

“谷口！张开眼睛啊！”

“呜呜……不用管我了，更重要的是进藤……”

“我知道了！我们去救进藤吧！”

“可是反抗螃蟹的话又会……”

“是啊！既然计划被螃蟹发现，就不能轻举妄动了！”

“混账！你们想丢下进藤吗？”

“可是我们如果全军覆没，进藤不就白白牺牲了吗？”

哇啊啊啊啊！我完全搞不懂状况啦！

他们从刚刚就一直在说什么螃蟹、螃蟹的，可是学校里为什么会有螃蟹？

我赫然想起远子学姐高谈阔论的《蟹工船》，脑中陆续浮出在刮着寒风的海上肆虐的鲜红巨大螃蟹，还有学生们挺身面对它的景象，不由得大感混乱。

“我要去！我没办法对伙伴见死不救啊！”

“我也要去！”

“我也去！”

“我也去！”

“你们这些家伙！冷静点啊！”

“呜！”

“谷口！”

“别死啊！谷口——”

“快送他去保健室！”

“在那之前先帮他止血吧！”

“喔喔喔喔喔！谷口啊啊啊啊啊！”

有人眼看就要冲出淋浴间，有人则紧紧抱着那些人的腰阻止他们，还有人抱着满头鲜血的学生咆哮。

啊，所谓的鬼哭神嚎就是这么回事吧？

“喂，文艺社的！我们要带谷口去保健室，你把地上的血迹擦一擦。还有，你也要多注意自己身边，绝对不能说出我们要加入文艺社的事！”

我还来不及回答，他们就像一阵风似地跑光了。

我用刷子清干净地上的血迹之后，完全没心情去帮那个辫子妖怪写点心，所以就直接回家了。

◇　◇　◇

隔天一大清早，远子学姐气鼓鼓地跑来找我。

“心叶真是的，你昨天跷掉社团活动回家了对吧。好过分好过分，我心想慢慢等就好，结果把整本芥川龙之介短篇集都吃光啦。《轨道矿车》（トロッコ）里面那个出去冒险的男孩，在陌生的地方被独自抛下时沿着轨道哭着奔跑的场景，让我寂寞得都流泪啦。”

“因为我突然觉得身体不太舒服。”

“呜……一定是骗人的。”

远子学姐抬眼瞪着我。

我无动于衷地说："远子学姐，你听过御殿山体操吗？"

"嗯？那是什么？"

"不知道就算了。"

石杢同学说过，先别跟文艺社的社长谈这件事，但我还以为远子学姐应该会知道那个小平头亢奋集团的事呢。

"快到上课时间了，请你先回去吧。"

我漠然转身时，远子学姐一把拉住了我的袖子。

"心叶……你是不是有什么烦恼啊？"

我一回头，看到她那双漆黑的眼睛担心地盯着我。

"没什么。"

"是吗……"

我是不是太冷漠了？看到她那寂寞的表情，我的胸口都痛了。

远子学姐低着头说："……最近就算我不去接心叶，心叶也会自己来文艺社，我真的好高兴喔。"

因为平时看到她都是一副无忧无虑的模样，所以当她露出这样消沉的表情，我就觉得心情难以平静。

远子学姐抬头一笑。

"如果有什么烦恼，随时可以找我商量。因为，心叶是很重要的……学弟。还有，今天一定要乖乖来参加社团活动喔。"

挥着手离去的远子学姐，又恢复成平常那个开朗活泼的学姐了。

昨天的事……该不该问远子学姐呢？

我怀着满腹愁思回到座位，有个同学笑嘻嘻地对我说："喂

喂，天野学姐等不到放学就来找你啦？打得真是火热耶，还害羞地拉着你的袖子，痴痴地抬头看你，好可爱啊。”

另一个同学也插嘴了。

“井上，昨天你回去以后，天野学姐还来教室接你喔。她看到你不在时，好像很失望呢。”

“有个那么漂亮、那么温柔的人在为你担心，真叫人羡慕啊。我要不要也来努力熟读《源氏物语》呢……”

“喂，你可别让天野学姐伤心喔。”

我在众人的夹攻之下，实在不知该怎么回应。

“说到这个……昨天不是有个小平头的家伙来找井上吗？他是赛艇社的吧？井上，你该不会想同时参加赛艇社吧？”

“天哪，千万不要，赛艇社现在简直跟地狱一样啊。”

我急忙问道：“你说石杢同学吗？他是赛艇社的？地狱又是怎么回事啊？”

“你不知道吗？我们学校的赛艇社经常在关东大赛中得奖，还挺强的喔。

“不过去年三月来了个新教练。那个教练超严格的，听说他放话今年要打进全国大赛，声言不能再用半吊子的态度来练习了。为了激发大家的斗志，他叫所有社员都得理小平头，而且从早上五点就要在操场训练基础体力。

“我稍微看过一下，那个教练动不动就怒吼，还会拿金属球棒痛揍社员，或是把社员打飞，有够恐怖的，而且那个恶魔教练后来还踩在人家的背上！我还听说过，他们的社员经常被哑铃砸、被钉鞋踩，还得穿着一件内裤在雨中跑步，或是被抹布水泼，经常有人受伤或生病喔。”

石、石杢同学好像也说过这些事……

像是脑袋被哑铃敲破、雨天里裸身跪坐在泥土地上五个小时、被打火机烤过的十元硬币烙印之类……

“我还听说，如果失误了就要用麦克笔在脸上写‘没用的猪’喔。”

“不是泼抹布水，而是要喝抹布水吧？”

“他好像会随身携带一罐辣椒粉，用来洒在社员的伤口上耶。”

众人说起更恐怖的事情。

“最吓人的就是那个御殿山体操吧。”

“喔喔！那个啊，做完以后大概三天都站不直吧。”

“不对，应该是一个礼拜吧。”

“不对不对，比较虚弱的人做完御殿山体操应该会死吧。”

我像是喉咙被塞住一样，哑着声音问：“御殿山体操到底是什么东西啊？”

大家面面相觑，发抖着说：“那玩意儿啊……实在是说不出口。”

“光是形容就觉得关节要碎裂了。”

“呜……我突然觉得肚子好不舒服。”

“那种体操有这么可怕吗？”

所有人都一起点头。

“嗯嗯。”

“就是说啊。”

“还是别再谈御殿山体操的事了。总而言之，你知道那是超——恐怖的东西就没错了。”

“远子学姐也不知道这东西呢。”

“那是当然的啊，这可不是能告诉女生的内容。”

哇——我越来越想知道了啦！

“可是，做得这么过分难道不会惹出麻烦吗？像是家长会啦，教育委员会之类的……”

“关于这一点，那个教练的后台可不简单喔！”

“后台？”

“是啊！他父母是大公司的老板，亲戚里面也有警界、教育界、医疗界的大人物，听说他在学生时代不管怎么胡搞，他父亲都会把事情压下来耶。

“而且他暴躁易怒又小心眼，反抗他的人都会沦落到生不如死的下场，所以老师们也很怕他，什么都不敢说。”

汗水从我的额头滴落。

昨天流着满头鲜血冲进淋浴间的人，该不会就是被那个恶魔教练打伤的吧？

他们口中的螃蟹就是指教练吗？

如果赛艇社有个这样残暴的教练，那确实是地狱。人们在上头的压迫之下，只能苟延残喘地服从规定，就像远子学姐叙述的《蟹工船》里的情况。

那些人不想继续留在这个社团、打算退出的心情，我完全可以理解。

但是，为什么他们要选文艺社当做跳槽的目标呢？

从赛艇社改成文艺社……活动内容完全不一样，这也差太多了吧？而且，我也不懂为什么他们想加入的事不能告诉任何人。

“哎呀，井上的手臂和身体都这么瘦，实在不适合加入赛艇社啦。”

“就是啊，文艺社不是比较好吗？还会有漂亮学姐来接你。啊，可恶，真想跟你交换！”

我再次受到围攻，只能用苦笑带过。

这样看来，我还是婉拒石杢同学他们的入社申请好了。

我可不想被卷进那些暴力事件，再说文艺社的活动室也塞不下这么多人。

是啊，就这么办吧。我抱定主意要避开所有麻烦。

但是……

“喂！文艺社的井上是哪一个？”

到了午休时间，我正在吃妈妈做的蟹肉烧卖时，突然听到一声怒吼。

我往那方向一看，立刻吓得屏住呼吸。

有个满头红褐色头发像蟹钳一样倒竖的男人伸长脖子，目光凶恶地朝着教室里张望。他的手臂长得出奇，身高也很高，精瘦的身体穿着虾红色夹克，正焦躁地踱步。这个人难道是……

班上同学都朝我看过来，我怀着心脏结冻般的不安情绪慢慢站起。

“那……那个……”

“就是你吗？”

他垂下薄薄的眼皮，眯细了眼睛，目光像烧热的刀子一样刮过我的脸。

“跟我来一下。”

“可、可是……我还在吃饭……”

“不要拖拖拉拉的！我叫你来你就跟我来！”

他用饿虎咆哮般的声音大吼，把我吓得浑身发抖。

教室里安静得令人心惊。

在同学们担心的注视之下，我就像被特别高级警察带走的《蟹工船》作者一样，跟着突如其来的访客走了。

小林多喜二后来怎么了？

酷刑二字浮上我的脑海，我突然觉得全身冰凉。

——他的作家朋友写下了遗体的模样，看起来真是超……痛的耶……凄惨到极点……

——啊啊啊啊！我说不下去了！光是想象嘴里就会发酸，喉咙好像被掐住……啊！讨厌讨厌！别想了别想了！

远子学姐的声音萦绕在我耳边。

怎么会？我又不是普罗文学作家，也不是离乡背井去蟹工船工作的劳动者啊！现代不可能会有什么酷刑吧？

“喂，不要慢吞吞的！”

“是、是的！”

一定是这样，只要好好谈一定说得通。

后来，我们到了位于三楼的赛艇社活动室。那里是社团活动室聚集处的角落，此时又是午休时间，所以里面不见人影，十分安静。

我一走进去就闻到浓浓的汗臭味。室内堆满瓦楞纸箱，显得非常杂乱。看到纸箱上沾着类似血迹般的黑色污渍，我整颗心都悬起来了。

不，只要好好谈一定说得通，一定说得通的！

“那、那个……叫叫叫叫叫我来有什么事？我心里完全没有底……那个，请、请问您是赛艇社的教练吗？”

“喔，我就是蟹泽教练！”

他拿着金属球棒咚咚敲着自己肩膀，威吓般地回答。

我的心里响起虚弱的惨叫。

啊啊啊啊——这个人果然是“螃蟹”——

蟹泽教练抿着嘴唇、跨开双脚挡在门口，我就算想逃也逃不掉。

“我、我只是文艺社的一年级学生……跟你们社团没有任何关系！”

球棒突然敲在纸箱上，发出砰的一声，堆在一起的纸箱剧烈晃动。

“哇！”

“少跟我装傻！”

蟹泽教练瞪大眼睛吼着。

“我已经知道了，我们社团那群垃圾在昨天放学后跟你悄悄见面！那些混账竟然瞒着我这教练做些偷鸡摸狗的事。你跟他们是一伙的吧？”

“不是的，我跟他们也是昨天才认识。”

球棒又咻一声撕裂空气，纸箱再次摇晃。

“说谎的人一点运动家精神都没有，我最讨厌这种人了。”

"我没有说谎，而且我也从来没当过运动家啊。"

"既然这样，为什么那些家伙要去找你？"

"不干我的事啦，他们只是跟我说想要加入文艺社而已……"

"什么！"

蟹泽教练甩乱一头红发，震怒地咆哮。

"加入文艺社……那些家伙想要背叛赛艇社吗？我绝不批准他们退社！广濑说要退出的时候，我可是狠狠揍他一顿，把他吊在阳台外，还向他老爸的公司施压，更在一天之内传了上千封短信逼他打消了念头啊！结果那些人渣竟然还想逃出我的掌心！"

吊、吊在阳台外！

我觉得自己好像随时都会昏倒。

"昨天进藤无事献殷勤，拿了栗子馒头和茶水过来，还帮我捶肩膀，我就觉得奇怪了！那家伙只是要拖住我，以免我去找那伙人。为了让他学乖，我用抹布塞住他的嘴，让他叫不出来，再狠狠踹他一顿，还叫这人渣做御殿山体操做到几乎呕吐的地步，可是他们还是不理解我的决心啊！既然如此，我就让他们知道得更清楚一点吧！"

球棒高高举起，他的眼角也高高吊起。

"哇！这种事情不用让我知道啦！"

"少啰嗦！你这混账也想做御殿山体操吗！"

"不管是御殿山体操还是堪察加体操我都不想做啊！我只是个小小的文艺社社员啊！"

就在我抱头大叫的时候……

"没错，心叶是重要的文艺社社员喔！"

门扉开启，远子学姐出现了。

可能是急忙跑来之故，她喘得上气不接下气。每当她喘气，那长长的辫子都会跟着跳动。

我哑然无语。

远子学姐怎么会来这里？

蟹泽教练皱起脸孔。

"你是谁啊？"

远子学姐顺了顺呼吸，然后双手叉腰，挺起扁平胸部傲然地说："我就是在那边抱着头的心叶最可靠的学姐，文艺社社长天野远子——如你所见是个'文学少女'喔。"

天啊，这个人有病吗？

我忍不住用原先抱在头上的双手遮住了脸。

看她这么威风气派地出现时，我还感动了一下，但真是大错特错。看来这个人果然只是个少根筋的奇怪学姐。

"什么文学少女啊啊啊啊啊！艺术和文学这种软趴趴的上流玩意儿，我最讨厌了啊啊啊啊啊！"

蟹泽教练气得面红耳赤，口沫横飞。

"远子学姐，你干吗惹人家生气啊？"

"我可是规规矩矩地报上名号，这样就生气的人才没礼貌呢。"

远子学姐也不高兴地抱怨。

"别管这些了，请你还是快逃吧。"

"不行，看到赛艇社被这个头发乱翘的野蛮人搞得乌烟瘴气，身为盟友的文艺社怎么可以坐视不理呢？”

“什么！”

蟹泽教练竖起眉毛，我也跟着大叫：“这是什么意思？文艺社什么时候变成赛艇社的盟友啦？我可从来没听过这件事喔！”

“嗯嗯，是啊，因为那是心叶还没入学时的事嘛。

“赛艇社的社团活动室，直到去年都还是文艺社的活动室喔。这间活动室是文艺社代代传承下来的，但因为受到时代洪流的冲击，文艺社必须放弃活动室，因而很讲义气地把这教室让给赛艇社作为友好的证明。就这样，两个社团交换了盟约，发誓以后对方社团遭遇危机时一定要倾力相助。”

虽然她说得像是在演什么连续剧一样，不过，时代洪流究竟是……而且高中生的社团活动怎么会有盟约这种东西啊？

对了，赛艇社那些人说的应该就是这件事吧。

远子学姐凛然望着蟹泽教练。

“这间曾经是文艺社活动室的教室，绝对不能让跋扈暴君带来的流血事件玷污！我这‘文学少女’是不会允许的！”

“哼！区区一个文艺社又做得了什么？”

“你可别小看文学的力量。虽然你刚才说文学是软趴趴的上流玩意儿，但事实上也有很多粗犷野蛮、极富男子气概的文学喔！没错！文学是可以改变社会的！就像小林多喜二的《蟹工船》那样！”

蟹泽教练仿佛被这毫无根据、莫名其妙的魄力吓到，显得有些不知所措。

相反的，远子学姐却是一副斗志旺盛的模样。她的眼睛发出强而有力的光辉，挺起胸膛、抬高下巴，并用纤细的手指指着蟹泽教练的鼻尖。

“《蟹工船》里面也出现了像你这样蛮横的监工！那是把劳工当狗一样使唤，叫做浅川的男人！工人们受不了浅川的欺压，引发罢工行动，最后却因为国家公权力介入而失败了。

“但是！这次的失败让他们觉醒了！为了使革命成功，一定要所有人同心协力挺身而出才行！就是靠着这种觉悟，他们才能抓住胜利，让社会真正地发动变革啊！

“对，这一幕就像吞下酒糟一样，会有让人脑袋‘呼——’地发热的感动传达到我们这些读者的心中喔！

“赛艇社也是一样！大家分散时或许都会屈服在你的淫威之下，但是只要赛艇社全体挺身跟你对抗，一定能获得胜利！”

“文艺社社长说的对！”

突然又有个粗鲁的声音传来，只见远子学姐的背后出现了一位体型像山一样魁梧的男学生。

他后面还满满站着一些身上包着绷带，或是脸上戴着眼罩的学生，乍看之下模样都很凄惨，但是每个人的眼中都放出锐利的光芒。石李同学也一样，他的脸上贴着 OK 绷、手臂吊在胸前，怒视着蟹泽教练。

这个场景豪迈得就像随时会以极大音量播出声势磅礴的主题曲一般，让我看得目瞪口呆。

站在最前面的那位社员以无畏的声音宣布：“我们赛艇社十七位社员要向校方正式提出要求，撤换蟹泽和彦教练。”

“什么！”

“我们一开始只想到暂时去缔结过盟约的文艺社避难，还以为社员全部退出的话，学校应该会有所行动，你也会好好反省。

“因为明目张胆地行动只会激怒你，让社员遭到更危险的下场，甚至还有危害家人之虞，所以我们才会暗中行动。

“但是！文艺社社长这位盟友让我们明白了！逃避是解决不了任何事的！她告诉我们《蟹工船》的可贵之处，让我们知道不能只是单独面对，而是要团结一致地挺身而出！”

赛艇社这些人不去找社长远子学姐，而是跑来找我打听入社的事，就是因为不想引人注目吗？可是，我觉得他们还是相当轻率，相当惹人注目嘛。

再说，远子学姐和赛艇社这些人是什么时候接触的啊？

从蟹泽教练头上冒出的怒气，已经足以媲美煮到沸腾的水了。

“你们这群混账——全都给我去做御殿山体操——”

他挥着金属球棒跑到走廊上。

远子学姐“呀”地尖叫，缩起身体躲到墙边。

赛艇社所有社员一拥而上，揪住了正在施暴的蟹泽教练，把他的手脚按在地上，还一个一个压了上去。

蟹泽教练就像在蟹猿大战里面被石臼压扁的猴子一样死命挣扎，脸上浮现屈辱的神色，呻吟着：“可恶啊啊啊啊！你们全都要被退学了！”

“做得到就试试看啊！就算是你也不可能让我们十七个人全都退学的！”

听到这场骚动，不相干的学生都聚集过来，老师们也急忙赶来，赛艇社外面的走廊一下子变得人山人海，而我已经浑身无力地瘫在地上了。

远子学姐轻轻晃着麻花辫走过来。

“没事吧？站得起来吗？”

她弯下腰观察我的表情，一对黑眼珠很关切地凝视着我。

我是不是又被她救了一次啊……

“我在午休时间把赛艇社的人找来文艺社活动室谈过了，因为我昨天去心叶的教室时，听说心叶跟赛艇社的一年级学生出去……我好担心，不知道心叶发生了什么事。

“后来是心叶班上的同学跑来通知我，说心叶被赛艇社的教练带走了。”

什么嘛，原来远子学姐在昨天就已经知道我被卷入是非之中啦？难怪她今天早上专程跑来我的教室，还问我是不是有什么烦恼，要不要跟她商量。

“呃……我是不是太多管闲事？”

远子学姐皱起眉头，露出担忧的表情。

我突然觉得心头揪紧，然后就对自己的反应感到莫名其妙。

“……不会。”

远子学姐听到我难堪地喃喃响应，立即像堇花缓缓绽放一般漾开了笑容。

我不经意地想着，这个笑容真的好美丽。

“看吧，你学姐的确很可靠吧？”

“别再自吹自擂了。”

“看来心叶果真很容易被男人袭击，真令人担心呢。今后我每天都要去心叶的教室迎接，我会保护心叶的。”

“拜托别这样。”

远子学姐闻言，露出甜美得几乎能让人融化的眼神，轻戳我的额头。

“既然如此，我就在社团活动室等你，所以你一定要来，别让学姐担心喔。”

我什么都答不出来，只好把头转向一旁。

◇　◇　◇

几天后，我听到赛艇社教练被解雇的消息。

“虽然我们是盟友，但是把你这个一年级学生卷进来还是很抱歉。今后如果有用得上我们赛艇社的地方，请尽管说吧！”

他们所有人一起特地跑来我的教室道歉，但是我被包围在同学们好奇的目光之中只觉得很尴尬。

放学后，我去了文艺社。

我想要退出的念头到现在还是没变，可是如果我跷掉不去，远子学姐又会来接我，所以实在没办法……

“井上同学。”

班会课结束后，我正要走出教室时，被班上一位女同学叫住了。

“我跟你说，我有个初中同学在当图书委员，她说想要加入文艺社耶。怎样？要帮你们介绍吗？”

“……”

为什么我会沉默不语呢？

我微微一笑。

“谢谢，可是招募活动已经结束了。”

我摆出营业用的笑脸回答。

好不容易有一年级学生说要入社，我终于有机会抛下麻烦学姐的点心写手职位得到解脱，为什么却自己放弃了呢？

我正要思考理由，又觉得胃壁快开始痉挛……

算了，也好啦。

只有两人的话，我就可以尽情吐槽远子学姐了……

我不再多想，向前跨出步伐。

文学少女今天的点心

～《万叶集》～

这是在我认识远子学姐以后第一个冬天里发生的事。

“好好喔，井上。有那么漂亮的学姐送你巧克力耶。”

“你是说远子学姐？”

我瞪大眼睛反问。

这天是情人节，教室里比平时还要来得吵闹。女生们都兴奋地拿着巧克力礼盒，男生们也都变得紧张兮兮。

就读于高中一年级的我并没有女友或是女性朋友，注定只拿得到妈妈和妹妹送的巧克力，所以能够完全置身事外。

啊啊，对耶，今天是情人节……我一边观察大家的模样一边发呆，此时有一句很难假装没听到的话窜入我的耳朵。

“不要再装啦，你收到天野学姐送的巧克力了吧？可恶啊！如果我也参加文艺社就好了！”

“就是啊！跟漂亮温柔又优雅的学姐在放学后两人独处，实在太美满了。”

“你们在说那位头发又黑又长的气质美女啊。”

温柔优雅？气质美女？

我的头都痛起来了。

看来又有人误会……我以前好像也听过一样的话……

的确啦，远子学姐光看外表是很惹人怜爱的气质美人，而且她总是在看书，会被周遭人们当做娴静的文学少女也不是什么奇怪的事。

可是！只有我们两人在社团活动室时，她就是一个会满不在乎地屈膝坐在铁管椅上，一边翻书一边大发议论，甚至会把书页撕下来并吃得啪哒啪哒的妖怪耶！

虽然她本人都会鼓着脸颊反驳说“我只是个普通的‘文学少女’啦”，但她就是一只妖怪，她绝对是妖怪！

别人都不知道这件事。

“天野学姐看起来好像厨艺很棒耶，说不定是亲手做的喔。”

“喔喔喔喔，我也想要吃天野学姐做的巧克力啊！”

“我也想吃！”

“啊！我好羡慕你啊，井上！”

众人纷纷用手肘撞我，或是抛来嫉妒的眼光，让我的胃都痛起来了。

远子学姐怎么可能自己做巧克力嘛。是说，她真的下厨过吗？她看起来好像连把开水倒入泡面之类的事都没做过啊。

“喂，井上。”

“不好意思，我要去厕所。”

我趁着还没被进一步逼问之前赶紧逃走。

走出教室时，我跟一位站在门边的女生擦身而过。因为她低着头，所以看不清楚她的脸庞。但她好像很紧张的样子，我从她身边经过时，发觉她似乎颤动肩膀、屏住呼吸。

“咦？是七濑啊。你有什么事？要帮你叫人吗？”

“那、那个，那个……没有啦，我、我只是要来借数学课本……”

对话声渐渐远离。

走廊上有人叫了我的名字。

“喂——心叶——”

是远子学姐。

她甩着像猫尾巴一样的长长麻花辫，面带灿烂笑容跑过来。在我面前停步之后，她以喘得红彤彤的脸庞愉快地说：“我正要去心叶的教室呢。”

“有什么事吗？”我不耐烦地询问。

她把双手背在身后，稍微歪着脑袋，以别有深意的眼光仰望着我。

“嘿，心叶，你今天会来参加社团活动吧？”

“是的。”

“太好了！”

远子学姐立刻绽放笑容。

“一定喔，一定要来喔。”

“我本来就每天都会去不是吗？”

“今天比较特别，因为是二月十四日嘛。”

她笑容满面地这么说，让我不禁有点小鹿乱撞。

“那就放学后见啦，心叶。”

我呆呆站在走廊中央，看着她挥手轻快跑开的模样。

——好好喔，井上。

——你收到天野学姐送的巧克力了吧？

不可能吧。

我苦笑着走开了。

到了放学后，我去到文艺社活动室，看见远子学姐跟平时一样屈膝坐在铁管椅上等我。

“哎呀，心叶，你怎么只带这些东西？”

她从椅子上探出身体，盯着我的书包。

“巧克力呢？”

“没有。”

我把铅笔盒和五十张一本的稿纸摆在桌上，冷淡地回答，她却愉快地扬起嘴角。

“喔，连一个都没收到啊？一定是因为心叶对女生很刻薄吧。”

“才没这种事。”

“你看你看，这种冷漠的态度是会伤害女生的哟。”

“不用你多管闲事。”

“真是的，难得我这学姐这么关心你耶。”

她虽然嘴上抱怨，但是一下子又变得笑眯眯的。

“真是拿你没办法，那就让我来为你收下巧克力吧。”

“啊？”

她刚刚那句话的文法好像有点怪。

“是谁要送谁巧克力？”

“是心叶要送给我啊。”

“为什么我得送你巧克力啊？”

远子学姐得意地挺起胸膛。

“因为你一直受到学姐的关照啊！所以请你怀着感恩的心情，

写一篇巧克力口味的甜美三题故事吧。”

唉，结果还是这么回事。这需要特地跑到我的教室，提醒我要来参加社团活动吗？这个人实在是……

而且，她还没搞清楚受人照顾的是谁吗？

我颓丧地垮下肩膀，觉得全身虚脱。

“来吧，心叶，题目是‘雪人’‘结婚戒指’‘拉单杠’。这样应该写得出罗曼蒂克的故事吧？限时五十分钟，准备，开始！”

远子学姐喀嚓一声按下秒表。

我已经懒得挣扎了，所以乖乖翻开一本五十张的稿纸封面，开始以 HB 自动铅笔写起文章。

既然如此，我就给她写个甜到破表的故事吧。

我悄悄打定主意，一旁的远子学姐则屈膝坐在铁管椅上，悠闲地看书。

今天她看的是很沉重的精装本《万叶集》。她不时把喜欢的短歌从书本上撕下来送进嘴里，感动得颤声说着：“啊啊，真好吃！《万叶集》简直就像在春天享用的山蔬套餐啊！鲜艳可爱的凉拌油菜花、炸得酥酥脆脆的刺龙芽和款冬茎！清烫蕨菜还有炒薇菜！每一首歌都好质朴、好有劲道，且带有一点苦涩，充满大地生气蓬勃的味道啊！”

她朗声说完，又开始啪啪翻页、沙沙咀嚼，满足地吞咽后，继续发表评论。

“《万叶集》是日本现存最早的歌集喔。编纂者据说有好几人，而最重要的一位就是大伴家持。到了公元七八五年大伴家持过世的时候，《万叶集》才形成今天的样貌。这本歌集共有二十卷，大约收录了四千五百首点心——不对，是美妙的和歌！

“《万叶》这个书名有两种解释，一个是希望这本书能够流传万世，一个是指书中收录了像万片叶子一样多的诗歌，两种说法都很棒喔！我认为书名同时包含了这两种意义。

“《万叶集》跟后来编纂的《古今和歌集》最大的不同就是《万叶集》有将近一半的和歌是无名歌人所作。除了当时的高官政要、文人雅士的作品之外，也包括一般百姓作的和歌和地方民谣，具有丰富的多样性！

“虽然它的内容不全是精雕细琢的和歌，却有不少直率感人、热情豪迈的和歌喔。这样的和歌即使带有浓烈涩味，却也是非常新鲜、口感绝佳的清爽美味呢！”

远子学姐开始吟起其中一首。

“‘上毛野安苏，拥丛麻兮。寝之无所餍，何以为兮？’

“上毛野就是上野国，也就是现在的群马县。就像采收上野国安苏郡的苎麻一般拥着恋人躺下，却怎样都不觉得满足，啊啊，爱情深厚至此究竟该如何是好呢——是这样的意思喔。

“女性听到别人咏唱这样平铺直叙、浅白露骨的和歌，一定会吓呆的。

“还有一首女性写的和歌喔。

“‘柳渡青青，君子其迎，清水未汲，足下其夷。’

“想象一下吧！这女孩在长着鲜绿柳树的渡口假装提水，等待心爱的人到来，但是迟迟不见对方出现。她心焦地走来走去，把脚边的土地都踩平了。

“真是的真是的，怎么会这么可爱啊！油菜花的青涩滋味在舌上扩散开来啦！刚摘下的薇菜又那么芳香扑鼻！人们从千年之前就已经开始恋爱了呢！”

远子学姐仿佛梦游般地说着，然后吞下撕碎的纸张，又深深嘘了一口气。

“此外，《万叶集》之中还收录了很多动人心弦的爱情故事喔！中大兄皇子、大海人皇子和额田王的三角关系特别有名呢。

“‘紫草之苑，禁卫之苑，见君振袖，忧惧守卒。’

“‘紫草伊人，吾诚憎乎？已成吾嫂，何犹慕乎？’

“这首和歌是在筵席上吟咏的游戏之作，算不上有什么深刻涵义，却很能引发浪漫的想象呢。我很能理解，为何后世光凭这几首和歌就能创造出好几种中大兄皇子和大海人皇子争夺额田的爱情故事。

“对了对了，也别忽略穗积皇子和但马皇女的爱情故事喔。他们两人是同父异母的兄妹，但马虽然有高市皇子这个比她父亲还老的丈夫，却还是奋不顾身地跳入这段禁忌的爱情喔。

“《万叶集》里收录的但马皇女之歌，全都是描述她对穗积皇子的爱恋。那样的激情，在吞咽之时几乎会让喉咙和脑袋热得像火烧一样呢。

“‘烈风飘飘，秋穗萧萧。但依君子，人言何畏。’

“正如秋天田里的稻穗只能受风摆布一样，不管别人说了什么闲话，我都只想待在你的身边——是这样的意思喔。

“但马就是投身于这种恋爱之中。至于穗积皇子后来就像我们时常听到的这句话‘被爱神射中心脏’一样——压抑不住又逃避不了，无法自拔地坠入了情网。

“穗积哀悼早死的但马而作的和歌也收录在《万叶集》中，一定要读读看，为他们洒下一把清泪啊！”

远子学姐口若悬河，滔滔不绝；脸颊潮红，目如春水；看起来还挺有魅力的。

“啊啊，这么简短的和歌之中，为什么能包含这么丰富的情感和期盼呢？而且还能跨越千年以上的时光，流传到我们眼前，就像奇迹一样呢。每次翻开这本歌集，我就觉得好像神游了古代的奈良都城、东国，或是九州岛。每一首和歌都是一篇精彩的故事，光是想象就觉得肚子好饱喔。

“只是，虽然所有和歌都很迷人、很美味，但我最喜欢的还是这一首！”

远子学姐突然转头看我，温柔地微笑着。

她那有如春天盛开花朵般的嘴唇，还有目光中的深情，让我看得心跳加速，正在写字的手也停下来了。

远子学姐以戏谑的表情盯着我，然后用清澈柔和的声音开始吟诵。

“……‘当彼逢时，悦我心兮。厚言怀思，永为好兮。’”

我的心脏猛然跳动。

远子学姐对瞪大眼睛、全身僵硬的我露出非常可爱的笑容。

“请你多说些甜言蜜语吧，就算是仅限于我们相聚的此刻也好。如果你希望我俩的情意能够长长久久——这首和歌是这样的意思喔。

“作者是大伴坂上郎女，她是被视为《万叶集》编纂者的大伴家持的姑妈，也是他的岳母。

“她的第一位丈夫就是跟但马皇女热恋过的穗积皇子。穗积在但马死后娶了只有十三四岁的大伴坂上郎女，并对她十分宠爱。

“但是穗积很早就死了，她后来嫁的丈夫也是一个个都比她早死。即使如此，她还是不断积极地歌咏恋爱的喜悦、快乐和悲伤。在那些作品中，这首‘当彼逢时’就跟满满洒上黑蜜和黄豆粉的蕨粉麻糬一样香甜美味啊！就像是透明的麻糬滑过火烫的喉咙喔。”

远子学姐把手肘架在椅背上，凝视着我说。

“嘿，心叶，你也对学姐‘厚言怀思’吧。请用故事把我的肚子填得饱饱的喔。”

我的心跳又开始加速，胸口感觉躁动不安。

两人相视一阵子，我的脸颊好像快要烫起来了，所以我急忙转开脸，写完最后一行，然后交给远子学姐。

“……写好了。”

“耶！我要开动了！”

远子学姐堆出一脸的笑容接过去。

“这会是怎样的巧克力呢？是牛奶巧克力吗？还是黑巧克力？有没有加入坚果或干果呢？好期待啊！”

她满心期盼地读了起来，然后从边缘撕下吃掉……

二十分钟后，社团活动室里传出惨叫。

“呀！为什么？为什么‘雪人’‘结婚戒指’和‘拉单杠’会变成这种故事啊？

“雪人爱上了冰冷的铁管，所以一边拉单杠一边向它求婚？为了永不分离，竟然还用铁链把铁管跟自己的脖子锁在一起来代替结婚戒指……这是在玩SM吗？而且它还一边拉单杠一边喊叫示爱，这也激情过头了吧！啊啊，最后雪人还融化了，好可怜喔——

“呜呜，这味道就像裹上厚厚白巧克力的一大盘方糖，上面再淋上鲜奶油和蜂蜜一样。是啦，的确很甜，甜到让人舌头刺痛、脑袋发麻。虽然是很甜很甜很甜，不过甜的方向和程度也太异常了吧——”

我对边哭边吃着那篇三题故事的远子学姐冷冷地说：“你很喜欢甜食吧，这样不是很好吗？”

“呜呜……我觉得像是一口气吃完一辈子所需的糖分了……”

远子学姐似乎很不舒服，吃完以后就软绵绵地瘫坐在椅子上。

“那我要回去了。”

我把东西塞进书包，穿了外套站起来。

“啊，等一下。”

我回头一看，有个用布料般柔软的淡紫色纸张和白色蕾丝包装，还绑上水蓝色和金色缎带的东西出现在我眼前。

“给你，心叶。”

远子学姐双手捧着包装华美的小盒子递到我的鼻尖前，嘻嘻一笑。

“呃，这是……”

“真是的，今天不是情人节吗？”

“是这样没错啦……”

我嘴上说得冷淡，心中却感到彷徨。没想到远子学姐竟然准备了巧克力！她专程跑来确认我会去社团活动，原来不是因为自己想吃巧克力口味的三题故事吗？

“这是学姐给你的礼物喔。”

“……谢谢。”

我很心虚，不知道该露出怎样的表情才好。我实在不该写出那种乱七八糟的三题故事。

“快啊，快打开来看看。”

远子学姐催着我，我笨手笨脚地解开了缎带。

这样用心的包装，是远子学姐自己包的吧？难道里面的巧克力也是她亲手做的？

事情越来越不妙了。

虽然我也说不上哪里不妙，但总之就是不妙，非常不妙！

我紧张地屏息，打开盒子，然后就傻眼了。

装在繁复美丽包装里面的是迷你牛奶巧克力、迷你黑巧克力、迷你杏仁巧克力等等，像是百元商店的便宜大包装，或是印在超市宣传单上面的那种东西。

“……这是拿班上朋友送的巧克力收集而来的吗？因为你自己不能吃，所以把我当做厨余回收筒吗？”

我摆出苦瓜脸发问，将手肘撑在椅背上的远子学姐则露出向日葵般的开朗笑容。

“因为这是人情巧克力嘛。”

隔天，班上同学兴趣盎然地问我：“天野学姐送的巧克力是什么样的？”

“什么都不是……”

我正想拿出书包里的迷你巧克力说“要的话就给你们，大家一起吃吧”，却不知怎地突然停止动作。

“……”

我沉默片刻之后，脸颊有点发烫地说：“我什么都没收到啦。”

文学少女和多病的少女

进入二月以后，远子好像经常会带小包装的巧克力到学校。

一到休息时间，她就轻轻摇着像猫尾巴一样的长长麻花辫，把包着金色包装纸的酥脆杏仁巧克力和香浓牛奶巧克力放在我的手心。

“来，分你一点。”

“远子，你最近很喜欢巧克力呢。”

远子听了就像早晨刚刚绽放的花朵一样娇羞地笑了。

“因为情人节就快到了嘛。看到商店里摆满装饰得漂漂亮亮的巧克力，我就觉得好兴奋喔。”

“啊，我懂我懂。包装也好可爱，看起来好吸引人，我都很想留下来自己吃呢。远子今年要送告白巧克力吗？”

“不行啦，我还在恋爱大凶星的运势中呢。”

远子消沉地垮下肩膀。

前阵子，远子在市区下大雪的那天专程去找一位听说算命算得很准的占卜师算恋爱运，结果对方跟她说：“你一出生就是恋爱大凶星的命。”

不知道是因为打击太大或是因为感冒，远子还请假了好几天。

当时她在电话里吸着鼻水，一边叹道：“你说嘛，这也太惨了吧？怎么会有这种悲剧呢？”

“情人节可是女孩子的重大日子呢，可是……算啦！反正‘预言’还说我在七年后的夏天可以见到命中注定的恋人，告白巧克力就等到那时再来准备吧。”

她一下子难过、一下子开心，忙得不得了。她的表情变幻不定，有时笑、有时怒，有时愁眉苦脸，然后又露出笑容，感情表现得还真丰富。

因为远子是个“文学少女”。

二年级第一学期，她在班会课上自我介绍时，面带笑容地向大家打招呼说：“我叫天野远子，如你们所见是个‘文学少女’。”

我当时心想“哇！真是个奇怪的女孩”，不过远子的外表的确像个货真价实的大正时代文学少女。

当然我并不认识什么大正时代的文学少女，总之大概就是那种形象——皮肤白皙，身材纤瘦，气质温婉，眼睛像星光一样清澈。仿佛只有远子身边时间的流速不一样。

她读过的书也多到很让人错愕，有一次我问她“今天在读什么书啊”，她就眼睛发亮，畅谈起书本的内容和作者生平。

《爱的精灵》的作者乔治·桑是个男装女作家，而且是肖邦的情人；《伊势物语》的味道就像铺上鲷鱼薄片、细切柚子皮还有油菜花的散寿司……这些都是远子告诉我的。

远子非常健谈，也很受班上同学欢迎，但是她在午休时间不会跟任何一群女生一起吃饭，而会去文艺社活动室独自用餐。

“因为我想看的书太多了嘛。”

她都柔和地笑着这样回答。

如果叫我一个人吃饭，我一定会觉得自己好像没有半个朋友，感觉很寂寞，但是远子似乎完全不在意。像这种地方，就会让我觉得远子是个很奇妙的人。

而且，远子乍看之下很温吞，某些时候却又异常敏锐。像今天也是……

“果步，你今年有要送告白巧克力的对象吧？”

“咦！那、那是……”

我方寸大乱，支支吾吾地说不出话来。讨厌，我干吗要脸红啊？

远子像个温柔的母亲一样呵呵笑着。

看来我以后都不能对远子掉以轻心了。

“啊哈哈，我也跟远子一样啦！要送的都是人情巧克力喔！”

“喔？那木尾同学呢？”

被她调侃的眼神一望，我的心又开始扑通乱跳。

“木、木尾跟我只是读同一所初中，我们不是那种关系，纯粹是孽缘啦！没错，是孽缘不断的朋友啦！我完全不把木尾当做恋爱对象，又不会对他感到心跳加速，也没想过跟他交往，他也只把我当做朋友啊。”

“是这样吗？”

远子歪着脑袋问。

“嗯，就是这样。”

我一边担忧着“心跳这么剧烈会不会被人听见”，一边努力装出笑脸。

“别说这个了，我已经看完远子推荐的简·奥斯汀的《爱玛》（Emma）啰。内容很有趣呢，再介绍其他的书给我吧。”

“嗯嗯，当然当然！要看简·奥斯汀的话，《曼斯菲尔德庄园》也很棒喔！”

远子终于放弃木尾的话题，让我松了一口气。

虽然如此，我的心跳还是没有缓和下来。

对我来说，木尾隆史有着什么样的地位呢？

坦白讲，我也不是很清楚。

我们是同一所初中毕业的。虽是这样，但我们并没有同班过，而且初中时一次也没有说过话。

我们第一次交谈是在高中入学典礼那天——在教室里以同班同学的身份相遇。

木尾看见我，突然很高兴地展露笑容朝我跑来。

“嘿！你是二中一班的吧？我也是二中的，读的是二班。可以在班上碰到同校毕业的人真是太好了！”

他兴高采烈地说，简直像是他乡遇故知一样，以亲切开怀的表情一个劲地说着。

“我知道，你是木尾同学，参加过田径社对吧？”

我也很自然地跟他聊了起来。

从此以后，我们经常跟彼此聊天。木尾个性豪爽、不拘小节，总是跟男性朋友混在一起愉快地说话。虽然他喜欢跟男生在一起多过女生，但是对我的态度却像对待寻常伙伴一样。

“因为今井跟我是同一间初中毕业的嘛，所以感觉比较特别。”

他总会爽朗地笑着这样说。

我也觉得跟木尾在一起很快乐。这跟我和女性朋友在一起聊天时的快乐不太一样，就像心中有一颗淡红色的小球弹来跳去。

“喂，今井！”

午休时间，我正在思考关于木尾的事时，他正好来到我们班上。

我吓了一跳，心脏几乎从嘴里跳出，心中的小球也开始蹦蹦跳跳。

木尾站在教室后门，以开心的表情对我招手。

“怎么了，木尾？”

“拜托，借我汉文笔记吧，我今天会被点到。今井班上的进度应该比我们班还要快吧？”

他啪的一声合起双手，像在拜拜一样央求我。

“哎呀，真拿你没办法。”

“谢啦！回家的路上我请你吃章鱼烧吧！”

我把笔记本交给木尾，他大大挥起抓着笔记的手，回去自己的教室了。

“我问你喔，你为什么老是吃章鱼烧啊？”

在回家的途中，冬天清爽阳光从树木之间斜斜洒下的道路上，我一边跟木尾并肩走着，一边问道。

木尾升上高中以后还是一样加入田径社，但是没有社团活动的日子，他放学后都固定会跟我一起走。

“你想嘛，冬天当然要吃章鱼烧啊。在路边摊买了以后，到公园坐在长椅上，一边吹气一边热乎乎地吃下去，多棒啊！”

“可是，你夏天也吃章鱼烧啊。”

“在热得像烤炉一样的大热天里吃热腾腾的章鱼烧才是最赞的！”

“我还是喜欢吃冰。”

“傻瓜，冬天吃冰冷死人了。”

“在温暖的店里吃冰凉凉的冰淇淋，不是很好吗？”

“不，是男人就得吃章鱼烧。”

我们一边聊着冰淇淋和章鱼烧的话题，一边走进商店街。

到处都贴着情人节的海报，蛋糕店的橱窗也都换上情人节的布置。

“对了，下周就是情人节呢。”

“是、是啊。”

木尾的语气还是跟平时没两样，但是我心中的淡红色小球却开始跳动。

“今井，你有要送巧克力给谁吗？”

“没有啊，我没有特别要送的人。”

小球滚向这边滚向那边，每次都让我觉得心脏发凉。

我拼命注意自己的声音是否高亢得不自然，表情是否变得僵硬。

“啊！对了，你去年就连人情巧克力都没送我耶。照理来说，既然是朋友就应该要送吧。”

他不满地瞪着我说。

小球在我的心里激烈跳动。

“什么嘛，木尾，你这么想要巧克力啊？”

“因为我什么都没收到啊，有的话不是很好吗？”

“可是，木尾，你不是拒收了吗……宫岛学姐的巧克力……”

话一说出口，我就感到后悔至极。

木尾皱起了脸庞。

“是说，那个……”

他好像很困扰似的，扁着嘴露出不耐的表情。

“因为她叫我跟她交往，那是告白用的……我当然不能收啊。如果是人情巧克力就没问题了。”

我觉得喉咙发烫，呼吸不顺。

去年的情人节，我为木尾准备了巧克力。

虽然只是人情巧克力，那却是我在百货公司的地下美食街烦恼了好久之后才选出来的巧克力。

要在什么时候送给他？送他的时候要说些什么？

只是送人情巧克力，又不是要告白——根本不是那么一回事，但是，木尾会有什么反应呢？

他会像平时一样轻松地笑着说“多谢招待”而拿走吗？或是会有一点惊讶呢？他会不会有点害羞地说“傻瓜，干吗买这种东西啊”，会不会不耐烦地说着“没办法，我就吃吧”而接下呢？

在上学的途中，我满脑子不断想着这些事。那是既难受又快乐，既甜蜜又可怕的奇特体验。

但是，我在接近学校的路上看见有人向木尾告白。

对方跟木尾同样隶属于田径社，是大我们一届的宫岛学姐。

她留着一头短发，身材苗条又漂亮。她向木尾递出一个包装得很漂亮的盒子，然后低下头去。

那个盒子装的是巧克力吗？

那时，我的胸口突然紧缩，双脚像是黏死在地上似地动不了。

木尾似乎拒绝了。他僵着脸摇头，然后深深低头。

他应该是在说“对不起”吧？

宫岛学姐的脸庞也哀伤地皱起。

宫岛学姐带着巧克力离开以后，木尾还是闷闷不乐地盯着地面。

于是，我把力量注入丹田，开口叫他。

“木尾，早安。”

他听见就抬起头来，有点郁闷地回答：“喔喔。”

“刚才那是宫岛学姐吗？你没有收下她的巧克力啊。”

“……因为交往这种事太麻烦了，我也不太懂啦。”

他喃喃说完就转身走了。

有人来告白，他看起来却一点都不开心，反而像是困扰不已，情绪低沉的样子。

交往这种事太麻烦了。

我感觉木尾这句话简直像是在对我说的一样，还把站在木尾面前的宫岛学姐僵硬的脸庞跟自己的脸重叠起来，心中的小球骤然停止，呼吸变得更不顺畅。

所以，我去年没有送巧克力给木尾。

“唔……如果是人情巧克力你就 OK 吗？”

为了扭转沉重的气氛，我开玩笑般地说。

“是啊，OK、OK。鞋柜里面有巧克力‘哗啦——’地掉出来，这是所有男人的梦想啊。所以最好是盒子大一点、包装得漂亮一点的巧克力，如果只是小小一个还真不想吃。”

“我会送的只有告白巧克力，所以今年也没有。”

“啧，你一定是有了情人就不管朋友的类型。”

“是啊，因为我很专情嘛。”

“这种的我不行。突然交个女朋友，成天被人黏着——我一想到这模样就会起鸡皮疙瘩。高濑那家伙一交了女朋友就晕头转向，跟朋友的感情都变差了，我才不想变成那样咧。”

木尾鼓着脸颊说起最近开始跟女生交往的高濑，让我难过得喉咙都刺痛起来。

我不明白自己对木尾抱持着怎样的感情。

以前跟木尾在一起都很快乐，但是最近不知为何却变得难受。

如果我去年也像宫岛学姐那样，一脸认真地对木尾递出巧克力，他会露出什么表情呢？

他会像那时一样，表情黯淡地转开目光吗？

如果真是这样，他会不会再也不来跟我借笔记了？会不会再也不跟我一起回家……

“怎么了，今井？你好安静。”

“没啦，没什么。我想要吃日式酱汁的章鱼烧。”

“我是美奶滋派的啦。不过算了，反正这是借笔记的回礼。”

木尾在章鱼烧店家点了十个日式酱汁章鱼烧。

我们带着章鱼烧到附近的公园，并坐在长椅上，拿着竹签从左右两边插起刚烤好的热乎乎章鱼烧送进口中，香喷喷的蒸气立即扑进鼻腔。如果没有小心万分地吹凉就会烫伤舌头，所以木尾也正在对章鱼烧吹气。

“日式酱汁也挺好吃的耶。”

“就是说嘛。啊啊！不要淋上美乃滋啦！”

“加美乃滋比较好吃啊。”

“味道不搭啦。木尾，你吃什么东西都加太多美乃滋啦。就连生鱼片都要加美乃滋，真叫人不敢相信。”

“你真是傻瓜，生鱼片蘸酱油和美乃滋才好吃啊。”

“哇！呀！不要让我想象那种味道啦！你要加美乃滋的话，加自己那份就好了。”

“受不了你耶，那么，从这边到这边都是我的。”

木尾一边抱怨，一边把装在小袋子里的美乃滋挤出来。

“啊，那边是我的啦！”

我在章鱼烧沾到美乃滋之前，急忙用竹签插起来放进嘴里。可是章鱼烧的中间还烫得很，惨案就这样发生了。

“呜！”

“啊！你在干什么啊？”

舌头就像着火一样，黏软的章鱼烧一时之间又吞不下去，我只能含泪捂着嘴。木尾见状，打开矿泉水宝特瓶的盖子递给我。

“拿去。”

我慌忙接过来，大口灌下。

章鱼烧被凉水冷却，总算是咽了下去，但我的舌头还是火辣辣的。

“今井，你真笨耶。”

“因、因为你要把美乃滋挤到我的章鱼烧上了嘛！”

我瞪着嗤嗤窃笑的木尾，同时感到心旌动摇。我刚才不假思索就拿着这个宝特瓶猛灌，不过，那不是木尾喝过的吗？这就是所谓的间接接吻……

我胸中的淡红色小球开始弹跳。

木尾还是笑个不停，好像完全没注意到。

有一股说不上是羞耻还是懊恼的情绪涌出。

就是说嘛……这又没什么大不了的，在朋友之间只是很普通的事啊……

“木尾……你今年也不收告白巧克力吗？”

“干吗突然这样问？”

“没什么，只是偶然想到。”

“唔……应该是吧，反正也没有人会给我。”

“……这样啊。”

如果木尾交了女朋友，我们一定无法再维持现在这种轻松的关系。

木尾现在没有那种对象，我或许是有些高兴吧。

但是，每次木尾说了什么，我心中的淡红色小球就会不安定地跳动。好几次都差点跳上喉咙，带着我不理解的情绪一起蹦出来。

我是不是生病啦？

好像哪里变得很不对劲，但木尾明明就跟平常一样啊。

“谢谢你的水。”

“喔。”

我正要把宝特瓶拿给木尾的时候，他伸出来的手碰巧握到我的手。

“啊！”

我们以前不知道碰撞到肩膀或是手多少次，但是我现在被他触摸的手热得发烫，体中似乎掠过一道电流。

我顿时把手抽开，木尾诧异地看着我。

宝特瓶掉到脚边。

怎、怎么？我到底是怎么了？

我被自己的反应吓呆，因此更加混乱，脸颊也跟着呼呼发热。

“今井？”

“对、对不起，我好像不太对劲。”

“你是怎么回事啊？”

“对不起，对不起！”

我按捺不住，起身想要逃走，手却被木尾抓住。他好像生气了。

“今井，你干吗突然这样？说什么不对劲，到底是哪里不对劲啊？”

他的声音也隐含着怒气。

被他抓住的手好痛好热，我忍不住感到害怕，胸中的小球猛烈弹跳，让我突然好想哭，泪水盈出了眼眶。

“呃！”

木尾瞪大眼睛。

他用简直像是看着陌生人的迷惘表情，看着我泛红的脸颊，还有盈满眼中的泪水，用那不知所措的忧虑眼神看着……

“对……对不起，我真的不太对劲！”

我勉强挤出声音，然后猛然甩开木尾的手转身跑走。

我头也不回地拼命狂奔，脸颊吹着冷风，心脏猛跳得几乎要崩坏。淡红色的小球咕噜咕噜滚个不停。

不行了！我真的变得好奇怪！

就连自己都搞不懂，感情的闸门关不上。好奇怪！好奇怪！实在太奇怪了！

我再也没办法心平气和地跟木尾说话，木尾已经把我当成怪人了！我满脸通红的模样被木尾看见，他一定不会像以前那样来找我了！

我不再是木尾特别的朋友了！

一切都结束了！

◇　◇　◇

隔天，我红着眼睛去上学。

胸中的小球一动也不动，只是静静躺在心底。

我愁云惨雾地低头坐在座位上，远子看见就走过来，担心地问："果步，你怎么了？"

我沉默不答，因此她更担心地皱起眉头。

"你昨天放学后是跟木尾同学一起离开的吧？难道是吵架了？"

我摇摇头，泪水哽住喉咙，让我说不出话。

"没……没事啦，什么事都没有。"

我摇头好几次，好不容易才说出这句话。

远子见状，把手轻轻按在我的肩上。

“果步，午休时间来文艺社一下好吗？我们一起吃饭吧。”

远子什么都没有问。

地上层层叠叠堆满旧书的文艺社活动室里，远子拿着从福利社买来的橘子果酱法国吐司，一边说着“好甜喔！这个吐司的味道吃起来就像是《机智公主》(The Clever Princess) 呢”，一边小口小口咬着吐司，并用吸管喝着铝箔包装的牛奶。

我什么都没说，把妈妈做的便当放在斑驳的桌上默默吃着。

远子吃完橘子果酱吐司以后，脱下室内鞋，把脚踩在铁管椅上屈膝坐着。

她从书柜抽出一本褪成褐色的文库本放在膝上，然后一边翻页一边以轻柔的声音述说。

“朗格斯的《达夫尼斯和赫洛亚》简直就像新鲜山羊奶做的起司呢。味道清爽而不腥膻，还加了香草和蜂蜜喔！

“据说这个故事是诞生于公元二世纪末期到三世纪早期之间，这时在日本连圣德太子都还没出生，正是从弥生时代跨进古坟时代的期间。

“在遥远得让人头昏的古代，地中海的各个国家培育出丰富的文化，也出现了很多用来娱乐生活的民间故事喔!《达夫尼斯和赫洛亚》就是其中之一。

“在爱琴海中的莱斯沃斯岛上，某天有一位牧羊人捡到了一个男婴。那婴儿的身上裹着非常华丽的襁褓，被山羊哺育着。牧羊人把这男婴捡回去，取名为达夫尼斯。

“两年后，另一位牧羊人捡到绵羊哺育的女婴，这女婴的身边则放着金线刺绣的缎带和饰有金箔的鞋子。牧羊人把这女婴捡了回去，取名为赫洛亚。

“达夫尼斯和赫洛亚从小就感情融洽地一起成长。

“达夫尼斯照顾山羊群，赫洛亚照料绵羊群，两人经常一起吹笛子，制做箩筐，把羊奶或是葡萄酒分给对方，在美丽的大自然中过着快乐的生活。”

远子的声音在狭窄的房间里缓缓流动，那是有如爱琴海岛屿的熏风般清脆又温柔的声音。

“两人年纪渐长，也开始意识到对方的异性身份了。

“先察觉到爱情萌芽的是赫洛亚。她心想为何只有自己要承受这么心酸的思慕，为此苦恼不已，这模样就像所有青春期的女孩，好青涩、好可爱，真会让人忍不住产生同感，觉得‘啊啊，这种心情我可以理解’。”

远子露出仿佛思慕着某人般的温柔眼神，念起赫洛亚的台词。

“我想我现在一定生病了，可是我却不知道自己生了什么病。虽然觉得痛，却找不到伤口。”

“我被荆棘刺过好几次，不过我一次都没有哭过。我也被蜜蜂螯过不知道多少次，但还是一直都吃得下饭啊。”

“可是，现在刺在我胸口的痛，却比任何时候都还要难受。”

远子是不是也喜欢过某个人呢？

她是不是像赫洛亚一样，因为思慕着某人，所以有时迷惘，有时彷徨，有时心痛难耐呢？

从远子口中述说的赫洛亚台词跟我的心情重合，令我的胸口像是刺入了什么一样疼痛。

我一直觉得自己变得不对劲了。

木尾的每一句话、每个眼神、每个动作，都动摇着我的心情，让我变得身不由己，又是脸红又是落泪，就像生病一样。

原来我对木尾的感情就是恋爱啊。

我一直在暗恋木尾。

“如果我能变成他的笛子，吸入他的气息，那该有多好啊。如果我能变成山羊让他饲养……”

“现在我因为达夫尼斯而无法入眠。”

我喜欢木尾。

我们已经没办法再当朋友了。

我希望能跟木尾成为恋人。

就像透明的水流滑下山谷一样，我很快就找到答案了。

但是，我立刻感到胸口紧缩，心情变得好灰暗。

因为，木尾对我的感觉并不是那样。

“远子，虽然赫洛亚喜欢达夫尼斯，但是达夫尼斯对赫洛亚的感觉又是怎样呢？”

远子露出花朵般的微笑。

“先察觉到爱情的多半是女生喔，男生比较迟钝，所以总是迟迟没有发现。可是用不着担心，达夫尼斯也是喜欢赫洛亚的。”

“真的吗？”

这只是个故事，又不是现实中的事，我却执着地追问。

要怎样才能让达夫尼斯意识到爱情呢？

远子微笑着点头。

“嗯嗯，是啊。达夫尼斯被赫洛亚笨拙地吻过之后，就像突然看到以前一直看不见的东西，开始注意到赫洛亚了。他还说‘赫洛亚的吻到底把我给怎么了’‘我以前也经常吻小山羊、刚出生的小狗，还有托尔冈送我的小牛，但是像这样的吻从来没有过’……”

接、接吻?

我一下子就红透了脸。

要、要我接吻——要我去吻木尾——不可能的！我办不到啦！

“远子接吻过吗?”

“呃！”

远子的脸也立刻红了起来。虽然她刚才一直像个姐姐一样稳重地侃侃而谈，现在却慌得把双手和辫子都晃来晃去。

“呃，这个，总有一天……会体验到吧……对、对了，这种事情啊，如果没有对象的话，那个……应该办不到吧……我又是恋爱大凶星的命，所以已经下定决心要把不纯洁的心思埋藏起来了……这跟对方的意愿也有关，所、所以我不能想这种事啦……”

“就是说啊，如果对方不是也同样喜欢自己，根本就没办法吻他嘛。”

远子仍然红着脸。

“就是啊，接吻或许……还是有点困难呢……可是！最重要的还是要把心情传达出去啊！虽然达夫尼斯和赫洛亚后来遭遇很多难题，可是他们两人最后都找出了自己身世的真相，在大家的祝福之下共结连理，是跟蜂蜜一样甜美的圆满结局喔。”

“……可是，又不是所有人都能跟喜欢的对象在一起……”

虽然故事里的男女主角彼此爱着对方，现实却不见得是这样。

木尾或许永远都不会喜欢我，又或许会喜欢上我之外的人。

远子从铁管椅上探出身来。

“赫洛亚和达夫尼斯也曾因为不知道对方的心情而感到不安啊。只要爱上别人，不管是谁都会这样的。所以，还是得先踏出一步看看。

“从两千年前开始，所有女孩都是这样做的。要不然男生都像达夫尼斯那样迟钝，根本不会注意到嘛。”

她以星辰般闪耀的眼睛盯着我不安颤抖的眼睛。

“现代日本也有很多赫洛亚，大家都很努力地让达夫尼斯注意到自己喔。”

远子粲然一笑。

“果步，放学后要不要去看看赫洛亚呢？”

◇　◇　◇

位于车站大楼地下楼层的巧克力大卖场里，到处都挤满了来买东西的女孩们。

“远、远子，你在哪啊？”

“我在这里喔，果步。”

远子在人潮中挥舞着白皙的手臂。

这里挤到只走一步也会撞到人的程度，就像在巨大的爆满电车里走路一样。

这里有些女孩一脸认真地盯着巧克力；也有女孩在小购物篮里放了好几种巧克力，一边跟朋友说笑；还有一些女孩红着脸接过装入手提袋中的巧克力。

有好多好多的赫洛亚。

随处都听得见甜蜜的悄悄话。

“关同学应该比较喜欢加了坚果的那种吧？”

“哇！相泽学长讨厌甜食啦，怎么办嘛？”

“问你喔，这种包装比较漂亮，比较像告白巧克力吧？”

“哎呀！神啊，求求您！希望坂卷同学能收下。”

大家都恋慕着达夫尼斯，为了让达夫尼斯注意到自己而努力。

在这里的女孩们不可能全都能实现恋情。

或许达夫尼斯永远不会回头看赫洛亚，或许她们只能哭着吃掉被拒收的巧克力。

即使如此，正在挑选巧克力的女孩们每个看起来都还是很有精神，开心又雀跃。

远子也愉快地观望着巧克力。

“果步，你看你看，这个小熊形状的巧克力好可爱喔！味道吃起来一定会像《小熊帕丁顿》（Paddington Bear）一样甜蜜又有朝气吧？嘿，要不要送这种巧克力给木尾同学啊？

“这种松露巧克力还加了酒，好像很浓醇呢。吃起来一定会像是梅里美的《卡门》那种热情的味道吧！木尾同学能接受酒味吗？

“哇！这种放在白色陶罐里的KISS巧克力好时髦喔！粉红色的是蔓越莓，紫色的是蓝莓。这一定像鹅妈妈童谣里面的《蓝色薰衣草》（Lavender's blue）一样，有着迷人的酸甜滋味吧！”

她兴奋得简直像是在为自己挑选巧克力一样。

“啊！情人节真的让人好心动喔。可以从这么多巧克力里面挑选礼物给喜欢的对象，真是太美妙了！”

我在远子兴奋情绪的鼓舞之下，买了她推荐的陶罐KISS巧克力。

该说是因为没办法接吻，所以想用KISS巧克力来一决胜负吗……蓝色盒子和金色缎带的豪华包装，就像在宣示“这是告白巧克力”一样。

远子也帮家人和关照过她的人挑了好几种巧克力。

“果步，可以再陪我去一间店吗？”

结完账以后，远子轻柔地笑着说。

我跟远子一起去了贩卖包装纸和缎带的楼层。这里虽然不像巧克力卖场那么拥挤，却也有不少人潮。

远子就在这里兴高采烈地挑起包装纸。

“远子，你打算做手工巧克力吗？还是只想改变包装，弄得跟手工的一样啊？”

“不，这是有特别用途的。”

“特别？是告白用的？”

远子的脸颊咻地一下子整个都红了。

“呃，不、不是那样啦……我只是觉得，想要趁着情人节送些东西……所以搜集了一些巧克力。可是，就这样直接送人也太随便了，所以才想包装一下……我绝对没有不纯洁的想法喔！只是……只是觉得，光是把外表弄得可爱一点也不错啊……”

“远子，我听不太懂你在说什么耶。”

远子红着脸扭扭捏捏好一阵子，才不好意思地笑着说：“也就是说，这是‘特别的人情巧克力’啦。”

◇　◇　◇

情人节当天早上，我紧紧抱着放入巧克力的手提纸袋，站在通学路上等木尾。

说不定我会跟宫岛学姐一样被拒绝。

或许木尾会一脸为难地说“我不能收”“我没有那种心情”。

就算是这样……

在白茫茫的雾气中，木尾走了过来。

我胸中那颗淡红色小球开始大力弹跳。

看到他一边不高兴地想事情一边走近的样子，我的双腿就开始打颤，喉咙也缩了起来。

木尾发现我了。

他睁大眼睛，屏息凝视着我。

我觉得脸颊烫得像着了火。吻了达夫尼斯的赫洛亚一定也有同样的心情吧？觉得好害怕、好害羞，几乎想要逃走。

但是，我的决战现在才要开始。是吧，远子？

木尾也有些脸红。

“早安。”

“呃，嗯嗯。”

在尴尬的互相问候之后，我把装了好多好多 KISS 的纸袋朝木尾递出去。

文学少女今天的点心

～《麦子和国王》～

我看过这样的远子学姐。

那是我还在读一年级的时候。

在阴沉的梅雨季结束、太阳开始释放暴虐热力的季节，那一天我比平时都早到学校。我躲着阳光，靠着校舍墙壁走，突然看到脚边的地上摆着一双鞋子和书包。

“嗯？”

那是一双平凡无奇的黑色平底船鞋，有一双折成小块的白袜子塞在里面，书包也是学校规定的款式。

我停下脚步，左右张望，然后把视线往上移。

那里有一棵牢牢扎根地面的大树。

“……”

我顺着满是枝节的树干不断往上看。

结果我在绿叶之间，看到像猫尾巴一样的乌黑长辫子甩来甩去。

“呃！”

我咽着口水，往更高的地方看，结果依次看到一双白皙的赤脚！制服的褶裙！白色上衣和胸前的土耳其蓝缎带！细细的脖子和从短袖里伸出的白皙手臂！趴在树枝上的远子学姐！

这个人在搞什么啊?

被硬拉进文艺社也三个月了，我还以为自己已经看惯这位麻烦学姐撕破书本吃得稀里呼噜，或是亢奋地高谈阔论之类的种种特异行为，结果这时还是傻住了。

远子学姐露出猎人盯着猎物般的眼神，往树枝尾端爬过去。

她满脸通红，咬紧嘴唇，表情非常认真，就连我都看得快要屏息了。

她白皙的手指解开制服胸前的缎带。

在这瞬间，她失去了平衡。

“哇!”

“呀!”

我慌慌张张地跑到树下。

远子学姐平瘪的胸部紧贴着树枝，双手死命地抱住。

土耳其蓝缎带轻飘飘地落到我的鼻尖上。

我的冷汗渐渐止住了。

太好了……她总算没事。

“哎呀，心叶为什么会在这里啊?”

像毛虫一样趴在树枝上的远子学姐面红耳赤地问我。

我捡起缎带，苦着脸回答:“我今天是值日生，所以提早到校。我才想问远子学姐在这里干吗咧。”

“呃……这是因为……是因为幼鸟掉到地上，所以我把它送回鸟巢啦!”

“鸟巢？是燕子吗？还是云雀？我没看见啊。”

“就、就是说啊，从心叶那个位置可能很难看见啦。可是，你听嘛，不是有小鸟的叫声吗？”

啾啾啾啾……这鸟鸣显然是从其他方向传来的。

远子学姐很不好意思地垂下眉梢，我无奈地耸着肩膀。

“既然幼鸟已经送回鸟巢，那就请你快下来吧。”

“……不要偷看我的裙底喔。”

“我才不想看。”

我把脸转向一旁叹气，而远子学姐不断发出“呀”或是“哇”之类让我心跳几乎停止的惊险叫声，一边爬下树来。

“呜呜，手都磨粗啦。”

“你的制服上黏着叶子，辫子上的缎带也快要松了喔。拜托不要一大早就做这么异常的事情好吗？虽然你的存在本来就很异常了。”

我一边把制服缎带还给她一边说着，远子学姐就鼓起脸颊。

“心叶对学姐真过分！”

我不想再理她，立刻转身走开。

树枝和缎带……总觉得最近在学校里好像听过跟这些东西有关的事……

算了，无所谓啦。

我一点都不想管别人的闲事。

◇　◇　◇

放学后我去了文艺社，看见窗边晾着土耳其蓝缎带。

因为缎带弄脏，所以她洗过了吧。

用金色小夹子夹住的缎带，在飘入窗口的风中摇摇晃晃。

窗户外面，可以看到远子学姐今天早上爬过的那棵树茂密的枝叶。

“你看你看，我今天的‘餐点’很豪华吧？”

满脸笑靥的远子学姐胸前抱着一本厚厚的精装书，整个人开心地不停旋转。

“这是艾莉娜·法琼（Eleanor Farjeon）的《麦子和国王》（The Little Bookroom），是收录了法琼自选二十七篇故事的完整版唷！”

她带着幸福至极的微笑轻吻书本，一屁股坐在窗边的铁管椅上。

“啊！这份重量、这种触感，真叫人无法抵挡啊！舌头都要痒起来呢！”

“那我今天不写三题故事也没关系啰？我要先回去了，远子学姐就请慢用吧。”

“哎呀，那是另一回事啦。”

远子学姐若无其事地说。

“既然来参加社团，就得好好地参与社团活动才行啊。今天的题目是‘缎带’‘教会’‘脚底按摩’。限时五十分钟，准备，开始！”

她喀嚓一声按下从口袋里拿出的银色秒表，然后脱掉室内鞋，屈膝坐在椅子上开始看书。

我满心无奈地把一本五十张的稿纸放在老旧的橡木桌上，拿起 HB 自动铅笔开始爬格子。

在这期间，远子学姐都带着满脸喜色翻书，并用指尖撕下纸片放进嘴里。

她发出沙沙的声音咀嚼，然后咕噜吞下，发出感叹。

“啊啊！好好吃喔！法琼的故事仿佛透明的波波糖球呢。

“就像把淡樱花色、水蓝色、浅绿色、鹅黄色、淡紫色，像珠宝一样的各色小球从金色盒子里面一个个取出，咬得喀哩喀哩的感觉喔！

“用门牙一口咬碎砂糖制成的透明薄膜，散发着水果酒香气的浓稠糖浆就会一股脑儿地流出来哟。”

她含着撕碎的书页，欣喜地眯起眼睛，像是沉浸于无尽幸福之中似地说下去。

“艾莉娜·法琼是一八八一年出生于伦敦的女作家，她的父亲也是小说家，所以家里从她小时候就堆满了书。

“她在《麦子和国王》的序文里也提过这件事，不只是二楼的小孩房和一楼的父亲书房都堆满书本，就连餐厅墙边到客厅、从客厅到通往卧室的楼梯，书本都堆到遮住了墙壁呢！

“她家还有一个称为‘书的小屋’的房间，各式各样的书本就像花草蔓生一样放得到处都是，甚至会堆到天花板那么高喔。

“啊啊，多么美妙啊，简直是做梦般的景象。”

远子学姐以清澈的声音开始朗读书中的一段文字。

"'为我开启魔法之窗的就是这个房间。我从这扇窗里，看到了不同于自己生长世界和时代的其他世界和时代。'

"基于父母的决定，她不像其他小孩一样要去学校上学，但是她父母熟识的作家和音乐家经常会去她家拜访，她父母也会带她去观赏戏剧或是音乐会。

"此外的时间，她都读着家里的大量藏书，或是跟哥哥两人一起扮演幻想世界里的人物而度过。

"只要读过序文，就会知道那是多么幸福美满的生活。孩提时代的法琼一定都在绚烂飞舞的金色尘埃中，被环绕在大量藏书里探索着幻想世界吧。

"对法琼来说，幻想就是现实，现实也是幻想，其间的界线暧昧不明，想必她一定是像呼吸一样轻松自在地在两个世界来来去去。"

面露微笑的远子学姐，身边也有光点在闪烁飞舞。

在堆满书本的小房间里，在温柔光芒围绕下翻着书的远子学姐，看起来就像幻想国度的人物一样。

她眼睛闪烁发光，脸上兴奋地泛红，然后愉快地说下去。

"法琼自选集《麦子和国王》中，充满了像是各色BonBon糖球般的幻想喔。

"譬如这篇《女仆凯朵》(Young Kate)，就是说一位年轻女仆的故事。

"被雇主太太告诫过不可以去牧场、河边和森林的凯朵，在那里遇到了绿之女、河川国王，还有一群跳舞的年轻人，度过一段难以忘怀的愉快时光!

"等到凯朵长大，自己也开始被称为太太的时候，她就这么

告诉大家：‘去吧，去牧场、去森林、去河边吧！如果运气好的话，说不定可以遇到绿之女、河川国王和跳舞的年轻人喔！’

“《西方森林》（Westwoods）和《柠檬色的小狗》（The Clumber Pup）也都一定要读读看。两篇都很香甜爽口，非常可爱。

“在《西方森林》里，有点自大的年轻国王和说话刻薄的女仆西莱纳这对组合实在太有趣了，两人的对话会让人忍不住看得发笑喔。

“国王不高兴地说‘西莱纳，你给我搞清楚自己的身份’，她就若无其事地回答‘喔喔，是的。您的吩咐只有这样吗’。

“国王在找寻新娘时，献给求婚对象的诗更是风味绝佳，非常吸引人呢。

“《柠檬色的小狗》之中，年轻樵夫也送了情书给一位公主。

给我喜欢的人：

你跟我的小狗一样漂亮，所以我喜欢你。

约翰·乔利

“公主开心得像只云雀一样，小心翼翼地把这封信收藏起来了。

“这很像第一次谈恋爱的初中生吧？既幸福又焦躁不安，真是太美味了。柠檬的味道也不是只有酸，还带有醇厚的甜味喔。

“《圣菲利安》（San Fairy Ann）也是一篇动人心弦的故事呢。

“有一个名叫塞莱斯汀的法国人偶在战争时被军人捡到，带回英国。军人为它取名叫圣菲利安，送给一位小女孩，后来又被她的独生女卡西接收。

“年幼的卡西失去双亲，剩下孤零零的一个人时，圣菲利安还让她得到了美好的邂逅喔！

“啊，可是《亲切的地主》（The Kind Farmer）的结局也好感人，《小裁缝》（The Little Dressmaker）也很俏皮、很好吃，《七公主》（The Seventh Princess）也好精彩，《贫穷岛屿的奇迹》（The Miracle of the Poor Island）和《夜宴》（Pannychis）也是！每一篇都很值得推荐！”

远子学姐就像拈着晶莹剔透的七彩波波糖球，把撕碎的一片片书页送入口。

“啊啊，身体像云一样变得轻飘飘，好像要被吸入法琼的幻想世界呢。”

“那么这些就不用了吧？”

我把写满三张稿纸的三题故事从稿纸本撕下来，就要丢进垃圾桶。

远子学姐见状，急得差点从椅子翻下来，跪在地上抢走原稿，紧紧抱在胸前。

“呀！你、你想做什么啊？不可以这样糟蹋食物啦！”

她瞪大眼睛对我训话，然后跪坐在地上微微一笑。

“心叶写的点心当然要吃啊。”

五分钟后……

吃完“青年把布条挂在教会圣堂打算上吊自杀，结果从太平间爬出的手聚集过来帮他做了脚底按摩”这个故事以后，远子学姐倒在椅子上，三魂七魄已经飘走了大半。

“……呜呜……”

她虚弱地抬起头来，愤恨地含泪抱怨。

“好过分……太过分了，老是让我吃这样的怪东西。心叶一定是故意的吧？一定是看到我哭就觉得很开心吧？真是坏心眼！狠毒！恶魔！变态！”

我一边收拾桌面，一边冷冷回答。

“那就适可而止，别再叫我做这种事嘛。

“我实在不懂，为什么每天都要我写三题故事？

“就算难吃到想哭，还是每次都吃得一点也不剩的远子学姐才是个变态妖怪吧。”

我还以为她会像平时一样立刻反驳说“我才不是妖怪，我只是个文学少女”，但是她闭口不答。

我抬头一看，发现远子学姐用饱受打击的悲伤眼神看着我。

“……”

胸口突然痛得像被压紧，我急忙把铅笔盒和稿纸塞进书包。

就在我正要走出房间的时候……

“心叶。”

我在门边被叫住了。

我屏息回头望去，远子学姐就像什么事都没发生过一样，对我笑着说：“明天也要来参加社团活动喔。”

“……再见。”

我怀着几乎让皮肤感到刺痛的后悔心情，走出社团活动室。

当我从远子学姐爬过的树下经过时，一条土耳其蓝缎带像幻影一样轻轻飘落。

“啊！”

我接住缎带，讶异地抬头仰望窗口。

没看见远子学姐的身影。

她没发现缎带被风吹走了吗？

就在此时，仿佛一阵清风吹过似的，在教室听到的某句话突然飞进我的脑海。

那大概是我在女生们群聚聊天时不小心听见的吧。

——如果在没人看到时把缎带绑到学校的树上，就能实现一个心愿喔。

从社团活动室就能看见的大树。

像毛虫一样爬在树枝上的远子学姐。

认真的眼神。

“……”

我低头注视着手中的土耳其蓝缎带。

◇　◇　◇

隔天放学以后，我像平时一样去了文艺社，远子学姐晚点才进来。

她一看见我就有些吃惊地睁大眼睛，然后绽放出花朵般的笑容。

“你好，心叶。”

“……你好。”

在简短的问候之后，她露出更欢畅的笑容，然后立刻惊讶地瞪大眼睛。

“你脸上的擦伤是怎么回事啊？”

“……因为毛巾沾到沙子了。”

“是吗？还真危险呢。”

“……”

我沉默地撇开了脸。

远子学姐甩着麻花辫，踩着轻快的脚步走到窗边。

“啊啊，天气变热了呢！夏天就快到啰。”

她笑着打开窗户，把脸迎向吹进房间的风中。

“咦？”

远子学姐突然发出惊呼，然后从窗口探出上身，定睛凝视。

她是不是看见土耳其蓝缎带在树枝尾端飘荡呢……

“咦咦？”

她非常惊慌地提高声调。

“我、我制服的缎带……昨天还晾在这里啊？我还以为不见了，结果竟然绑在树枝上！”

我还是看着旁边，不感兴趣地喃喃说着：“……大概是被风吹走了吧。”

远子学姐转过头来看我。

她看看我脸上的擦伤，又看看我的手，然后仔细盯着我制服的胸前。

衣服上有一小块绿色的东西，我发现那是叶子的碎片，急忙用手指拨掉。

远子学姐眯起眼睛，挑起嘴角，缓缓地微笑。

那是她今天最开心、最灿烂的笑容。

看到这个表情，我满是擦伤的手心就像被火灼烧似地发烫。

我并不知道远子学姐许下的是什么心愿，应该无所谓吧……

我再次急忙转头，假装什么都没看见的样子，把铅笔盒和整本稿纸排在桌上。

沉默的王子和不良于行的人鱼

从前，我曾经是一只鸟。

现在我像是刚爬上陆地的人鱼，只能蹒跚地走着。

◇　◇　◇

“不要跟着我！”

在夏天炽热阳光普照的早晨道路上，我们始终争执不下。

“因为这是你第一天打工，所以我觉得去跟对方打个招呼比较好。”

一诗表情正经地回答。

“说什么傻话，要打工的人是我，一诗干吗去打招呼啊？又不是小学生的保姆，真是不敢相信！”

“可是三好小姐是姐姐的大学学妹，打工也是她介绍的，今后又是你工作上的前辈，所以还是去打一声招呼比较好。”

“我就说嘛，为什么这样就要去跟人家打招呼啊？我是很感谢你姐姐帮忙介绍打工啦，可是你再做些什么就是多管闲事！只是在给我找麻烦！话说回来，看准人家出门的时间跑来迎接这种行为，实在是太下流了！我看到有人站在路边，还以为是跟踪狂咧！”

“吓到你真对不起。我昨晚打电话去你的手机，可是没人接听，所以我才传短信说我会来接你。”

我看到短信了。

看见是看见了，可是因为觉得很烦所以丢着不管，到早上就忘得一干二净。

“如果你没看见短信，那真的很对不起。”

一诗皱着眉头，很干脆地道歉。他那有如得道高僧的态度更是令人火大。

不管我说了什么，一诗都绝对不会生气。

他既不惊慌失措，也不愁眉苦脸，只会闭着嘴，腰杆打得笔直，用端正的脸庞静静注视我。看见他那副太过超然的模样，有时我还真想冲过去抓他的脸。

“如果你不喜欢，那我今天光是送你过去就好。”

“不用送了，你现在就回去吧。”

“可是……”

“如果被人家指指点点地说第一天打工就有男生陪着，丢脸的人是我耶。你也太不会看场合了吧！”

“那么，如果有什么事就打我的手机吧。”

“什么事都不会有，不用瞎操心。”

“朝仓，这边有石阶，还是走另一条路比较……”

“石阶这种东西我闭着眼睛都会走啦！”

啊啊，真不耐烦！

这家伙真的跟我同年吗？他真的是高三学生吗？言行举止根本像个老头子，一点都不机灵。

毫不留情倾注而下的夏日阳光让我眯细眼睛，我拄着夹在两肋下的铝制拐杖，一层一层爬上阶梯。

我知道他一定在下面担心地望着我，所以我死都不回头。

从春天出院以来已经过了三个月，现在我住在公寓独自生活。

我的脚还不能随心所欲地活动，所以有很多不便，但是能够自己解决自己的事，比什么都让我开心。

像是花上一个小时换好天花板上的日光灯管，我就会很有成就感地露出笑容。

“嘿嘿，没什么大不了的嘛。”

即使旁边没人，我还是忍不住想要自夸。

我很希望明年可以去读高中夜校，所以也正在为此做准备。

其实我很想自己赚学费和生活费……不过现在的我还办不到，所以也无可奈何。

但是，一诗听到我说想要多少打些零工，就靠姐姐的协助帮我找到了儿童馆柜台小姐的工作。

说是只在暑假期间工作，每周五天，每天从早上九点到下午五点半坐在柜台，看着小孩不让他们捣蛋或受伤就好。这样就有日薪七千日币，还真是好赚。

虽然我很不甘心，不过真的是多亏一诗才能找到打工，这个嘛……我是还挺感谢他的啦。

不过，光是这样就要让他跟到我打工场所去打招呼干吗的，怎么可能嘛！

他一定是想要向对方说明我的情况吧。

我才不想听他说因为我活动不便可能会给他们带来麻烦，希望他们多多关照之类的话。

我一定要做好这份工作，让一诗知道我自己一个人什么都办得到。

“我是从今天开始打工的朝仓，请多多指教。我的脚有点不方便，但是日常活动几乎都没问题，所以有什么工作都请尽管吩咐，我什么都可以做。”

我假装乖巧地露出清纯的笑容。

一诗的大姐在大学时代的学妹，也就是在这间儿童馆当职员的三好，是一位化着淡妆、气质十分沉静的女性。

这里的职员除了她以外，只有另一位叫做久保田的中年男性。

建筑物本身不大，一走进门口就是鞋柜，可以在这里脱下便鞋，换上室内鞋。

里面的气氛像托儿所的游戏室一样，墙上贴着小孩画的图画。另有矮小的桌子、椅子、书柜，还有堆着积木、竹马和橡皮球的箱子。这边的空间是拿来学习用的，里面则是运动用的空间，什么东西都没放，就这样空着。

柜台是在学习区的门口旁边。但说是柜台，其实只是摆了一套小小的桌椅。

“朝仓是很勤劳的人呢。”

三好露出亲切的笑容。

“不过，这里的工作没那么繁重。你在柜台坐着，有访客的话就请他们在这本笔记簿上写下名字和年龄。”

“是的，还有呢?”

“只要看着孩子们的情况就好了。虽然这样说，但会恶作剧或是捣蛋的孩子也很少。”

“还有呢?”

“大致上就是这些。我们在职员室，有什么事情的话叫一声就好。我想应该还挺闲的，所以你想看书或是写功课都没关系。”

我在开馆后一小时就明白了这不是安慰我的话，而是事实。

没有小孩来馆，完全没有。

小学应该已经开始放暑假了，但我却连孩子的声音都没听见。难道这个地区没有小孩吗?馆内安静得让人不禁要这样想。三好和久保田都回去职员室了，所以我一个人坐在柜台。

呵，我可是在医院住过两年以上，早就习惯无聊了。

虽然我在心中自虐地这样想着，不过在无人来馆的状态下过了两个小时之后，我还是觉得坐着硬邦邦的椅子，呆呆看着贴在墙上的拙劣蜡笔画，实在烦闷至极。

好不容易等到一个男孩进来的时候，我几乎感到松了一口气。

“欢迎光临。”

所有小孩都一样吵闹又任性，光是听到他们尖锐的声音我就觉得背后发痒，但是在这里我还是得装出一副和善的模样。

男孩看见陌生人似乎吓了一跳。他睁大眼睛，细细地凝视着我的脸。然后他站在桌子旁边，发现了我的铝制拐杖，因而把眼睛睁得更大，很有兴趣地看着。

“请在笔记簿上写下你的名字和年龄。”

“呃……嗯。”

男孩接过我递给他的铅笔，用力握紧，写着自己的名字，目光还不断瞥向我的拐杖。

“这是老师的？”

“是啊。”

突然被称为老师，我觉得胸中像是泛起涟漪似的感到有些困惑，一边如此回答。

“可以摸吗？”

“不行。”

我的脸上挂着微笑，却用非常冰冷的声音断然拒绝。小孩都很会得寸进尺，不明确拒绝可不行。

男孩吓得肩膀颤抖，撇开脸不看我，慌慌张张地跑进房间里。

他从书柜上抽出少年漫画的单行本开始看，室内又恢复寂静。

啊啊……好闲啊。

到了中午，三好来帮我代班一个小时。

我在职员室里吃着从家里带来的紫苏饭团，无精打采地想着，下午会不会还是这种情况？

“平时来的人就这么少吗？”

“是啊。最近越来越多小孩会在暑假去补习班，或是在家里打游戏，而且孩子的数量本来就在渐渐减少。”

中年职员温吞地回答。

他从冰箱拿出冰凉的麦茶，倒在杯子里请我喝。在应对之间，他都没有问及我拄着拐杖的理由，一定是已经从一诗的姐姐那里听说了吧。

啊，总觉得有点不高兴。

虽然被人问东问西会觉得很烦，但是什么都不问更让人觉得坐立难安。

“谢谢你的麦茶。”

总之，我还是像个乖孩子一样微笑以对。

结果今天来馆的访客只有七位。

多半是独自来的孩子，他们有些看漫画，有些趴在桌上写功课，每个都很安分。

也有一些孩子像最早来的男孩一样，对我的拐杖很有兴趣，会问些“可以摸吗”或是“老师受伤了吗”之类的问题，我都随便敷衍过去了。

虽然我脸上一直笑眯眯的，口气却很刻薄，所以孩子们很快就不再接近我。这么一来虽然很闷，但是硬要跟他们应对太麻烦了，所以还是这样比较好。

闭馆时间将近，我把拖拖拉拉不肯放下漫画的孩子赶出去以后，就擦擦桌子、扫扫地，简单地打扫一下，一天的工作到此结束。

“辛苦你了，朝仓小姐。明天也要麻烦你。”

“谢谢你。那我先走了。”

我直到最后都戴着乖孩子的面具，然后离开儿童馆。

快到晚上六点了。

天色还很亮，空气却开始变得白蒙蒙，而且热得我全身黏乎乎的。跟开着冷气的室内温度相比，室内外的温度还差真多。

“呼！什么都不做还是很累呢。”

如果找些工厂生产线或是组装机械之类的工作会不会比较好呢？

“啊！”

我看到一位身材高大、表情严肃、穿着便服的男生站在转角附近，脸色立刻沉下来。

“你又来埋伏了？”

“我刚刚在图书馆读书，后来想到你快要下班了，所以过来看看，只是顺便。”

“这才不叫顺便，应该叫专程吧。”

“是吗？抱歉。”

“既然觉得抱歉就别来啊。我不是说过了吗？我又不是小孩，不用来接我啦。”

“因为图书馆的休息时间和儿童馆一样。”

“那你就去别的图书馆啊。”

我冷冷说完，从一诗旁边走过去。

一诗不以为意地走在我的身边。我走路的速度怎样都追不过他，真令人气恼。我知道他会配合我的步伐慢慢走，因此更觉得火冒三丈。

“打工的情况怎样？”

“没什么，工作很轻松，简直闲得发慌。”

“是吗？太好了。”

他的回答十分简洁扼要，让人完全接不下去。反正我也无心跟他聊天，所以两人之间很快就陷入沉默。

如果是心叶碰到这种情况，一定很怕我不高兴，会拼命挤出话题跟我聊。

如果我心怀鬼胎地故意不吭声，他就会渐渐垂下眉梢，露出快哭的表情。

一旦我看着他的脸，笑着说："所以呢？后来怎样了？心叶？"并对他说的话表现出很感兴趣，他的眼睛就会突然亮起来，脸上也会布满开心的笑容。

心叶简直就像把尾巴摇到快要断掉的小狗一样，不管我去哪里，他都会跟到底，如果我叫他等，他不管几个小时都会等下去。

等到我姗姗来迟的时候，原本垂头丧气、怅然若失的他就会抬起头，露出喜不自禁的表情，死命摇着尾巴，大叫着"太好了！美羽！"而跑来。

一诗也会像狗一样紧跟着我。

如果我叫他等，他也会像心叶那样一直等我。如果我叫他来，就算是三更半夜他也一定会冲过来吧。

虽说一样是狗，但如果说心叶是赏玩用的小型犬，那么一诗绝对是大型的看门狗或是导盲犬。

他总是在我身边，在我站不稳的时候自然而然地扶住我，把我带到安全的道路。他不会摇尾巴讨好我，如果骂他，他也不会意志消沉或惶惶不安。

一诗想必认为自己比我聪明，力气也比我大，什么都做得到，所以觉得自己应该要帮助我。

我跟心叶在一起的时候，我的地位比心叶还高。我可以掌握心叶的一切，他什么事都会听我的意见。心叶没有我就什么都做不了，所以他才会紧跟着我。

不过，跟一诗在一起时就反过来了，我变成处在需要别人照顾的立场。

他不但不会乖乖听我的命令，还动不动就一脸正经地反驳我说“这样不好”“别那样做比较好”“那样太危险了”。就算我怎么气他、抓他，他还是会很有耐心地劝我好几个小时。

被他这样一搞，我就会觉得自己好像拗着脾气的孩子，脖子都忍不住热起来。

今天也一样，即使我板着脸沉默不语，一诗还是毫不在意地走在我身边。结果都是我先耐不住沉默。

“……明明是个考生还整天操心别人的事，你也太优哉了吧。太粗心大意的话，小心会落榜喔。”

一诗柔和地笑了。他这样一笑，冷静端正的脸庞就显得非常温柔。

“的确是，我也不能因为一直都拿A等级就掉以轻心。”

“哼，你就是这种地方惹人厌，偶尔拿个D或是E不是很好吗？”

“就算只是模拟考，故意考差也不太好吧。”

可恶！我越来越生气了！

“一诗真是无趣，跟你在一起的时候总是无聊透顶。”

“姐姐也经常这样说我。”

他认真寻思的模样让我灵光一闪。

“没错，既然你自己也知道，那你说不出什么有趣的话题之前都别来找我了。”

我断然说道。他似乎有些慌张了，声音也变得高亢。

“这怎么行呢？这附近行人不多，女生单独走在路上太危险了。”

“应该没有色情狂在晚上六点就出动吧？听好了，在你能说出有趣的话题哄我开心之前，都别再让我看到你那张臭脸。短信和电话也都不准打！如果你还是只会说无聊话题却来路边等我的话，我就再也不理你了！”

一诗就像遭遇到人生最大的困境一样，皱紧了眉头。

◇　◇　◇

“唉，果然还是很闲。”

打工第二天。

今天上午就来了几个孩子。有些孩子在学习区看漫画，有些则是在运动区打羽毛球。偶尔会有孩子走过来，好像想要跟我说话的样子。

“老师正在工作，你自己去旁边玩吧。”

我都会面带笑容这样赶走他们。

小孩真的很讨厌。脸皮厚得要命、不会看人脸色、受人疼爱或包容都觉得理所当然，这些地方都让我讨厌得想吐。

我还真想把他们推倒在地，冷言冷语地说，如果以为所有大人都那么温柔就错了。

所以我一点都不想理那些小孩，不过老是一个人坐在椅子上发呆，迟早也会忍不下去的。

我在住院的时候，到底是怎么打发无聊的时间……

在那弥漫着药水味的纯白房间里，我没办法用自己的双脚走路，只能看着天花板的时候……

啊啊，对了，那时我都会想心叶的事。

我会想，心叶现在怎么了。

我会想，他是不是一边想着我，一边感到痛苦、伤心，或是绝望。

想到心叶哭泣的表情，我也会痛苦得胸膛几乎裂开。我好恨好恨心叶，但是又忍不住想要见他。

就是这样……我在医院里根本没空感到无聊啊。

每天每天，光是想到心叶，我都觉得全身皮肤有如被火焚烧。

这火焰一辈子都不会熄灭。

虽然我是如此深信，但是在天文台的那一夜，包围着我的火焰却不再炽烈，失去了热度。

现在那火焰就像烛火一样，虚弱地轻轻摇曳。

虽然我的心情变得比以前平稳，但我也觉得内心变得空荡荡。

因为我已经恨了心叶那么久。如今恨意变淡，我也无事可做了。

好想伤害心叶，好想折磨心叶。

长久以来强烈到几乎让我停止呼吸的期望，已经在心中完全消失。就算我躺在医院病床上看着天花板，也不再会想到心叶哭泣的脸庞了。

这件事让我感到很茫然。

原本占据我整颗心的狂热情绪，竟然会在某天消失一空。

就像是被撕心裂肺的痛楚纠缠已久，结果痛感突然退去，因此精疲力竭瘫在地上那种虚脱感。

又好比不知是醒是梦的时候，会捏自己的手臂试试痛不痛。

现在想到跟心叶一起度过的那段岁月，我还是觉得心里好苦闷。

啊啊，我们再也回不去那个时代了——心里还是会不由得兴起这样的感伤。

但是，我已经不想对心叶复仇了。跟心叶重逢之后，我就失去“憎恨”这个总是如影随形跟着我的密友。

现在我已经开始一个人生活，也决定要继续上学。该做的事多得数不完，但是每当我做完家事，想要把剩下的时间拿来做喜欢的事时……

该做什么才好呢……

我只能坐在坐垫上，呆呆地这样思考。

然后我领悟了，现在的我等于零。

虽然我之前是负数，但我现在也不是正数。

而是零……

就这样，我如今还是坐在儿童馆的椅子上，盯着门口，觉得时间过得好慢。

如果有工作可做就可以转移注意力了，也不会意识到自己根本没事情可想。

真的好无聊啊……

我不由自主地听着孩子们嘎嘎笑闹的声音从运动区传来。

来看看书打发时间吧。我这么想着，拄着拐杖走到书柜前。

书柜里有一半以上都是漫画单行本，角落摆着一些图画书和童书，书名我多半都看过。

看到有几本是我在小学时代和心叶一起读过的书，令我的心扑通一跳。

我抽出一本附有素净插画的图画书，回到座位翻开来看。

“人鱼不只栖息在南方海洋，也栖息在北方海洋。”

这是《红蜡烛与人鱼》——小川未明的童话。

我好像也跟心叶一起读过这本书……

在心叶的家里，我们趴在草绿色的靠垫上。

——啊，美羽，先别翻页，我还没看完耶。

——心叶看得太慢啦。

——是美羽看得太快了。

——那心叶自己看就好了啊。我要回去了，再也不跟心叶玩。

——对不起，对不起嘛，美羽。不要走啦。

心叶急着拉住我的模样，让我的心因甜美的优越感而鼓动。

——好吧，那我就留下。不要再跟我抱怨了喔。

——嗯，美羽照自己的速度翻页就好了。

心叶喜形于色地拼命点头，像一只啪哒啪哒摇着尾巴的小狗一样。

读了这本图画书以后，心叶哭哭啼啼地说人鱼姑娘好可怜喔。

我还嘲笑他说，明明是个男生却看书看到哭，真是太丢脸了……

我一边回想心叶的事，一边慢慢翻页。跟我小时候看到的一样，有着淡淡色彩的图画摊在我的眼前。

“人鱼想着，该怎么说呢，真是一幅荒凉的景色啊。”

“一想到在漫长的岁月中连一个说话的对象都没有，只能一直憧憬着明亮的海面过活，人鱼就觉得无法忍耐。”

栖息于阴暗北海的人鱼非常向往人类的世界。

人鱼的肚子里有个孩子。

她不想让好不容易诞生的孩子跟自己过得一样寂寞，希望孩子能生活在光鲜明亮的城市里，被温柔的人们围绕着，所以她把刚出生的孩子遗弃在陆上，希望有人能把孩子捡回去。

“听说人类是这个世界上最温柔的生物，而且他们绝对不会欺负或是折磨可怜弱小的生物。”

“或许自己永远都不能再见到孩子，但是这么一来就能让孩子走进人群里，过着幸福的生活。”

说什么人类是这个世界上最温柔的生物，根本是大错特错嘛。可是这人鱼却把自己的孩子丢在陆上，真是个笨蛋。我从小就是这样想的。

弃婴被一对在山脚下卖蜡烛的老夫妇捡回去，当做自己家的孩子养大。

因为孩子腰部以下是鱼，所以不能在人前现身，就算长大以后还是得被关在家里。

这里也让我看得很不顺眼。

这种无聊的生活哪里称得上幸福？与其这样，还不如每天在海底自由自在地游泳还更快乐不是吗？

后来，人鱼姑娘开始用红色颜料在养大她的老爷爷做的蜡烛上画出鱼类和贝壳的图画。

只要把这蜡烛供奉在山上的寺庙，船只就绝对不会翻覆或沉没——这样的传闻渐渐传开了，因此有很多人跑来买蜡烛，店里的生意也越来越好。

直到此时，老夫妇都很疼爱人鱼姑娘，人鱼姑娘也很感激老夫妇的养育之恩。

但是，这段温馨的关系没有一直持续下去。

因为她就算被当做人类养大，但人鱼打从出生开始就是异于人类的生物。

此外，人心也会随着时间渐渐改变。勤劳又温柔的老夫妇渐渐变得利欲熏心，他们心想如果能赚到更多钱，就能拥有更富裕的生活。

所以，他们背叛了人鱼姑娘。

“呃！”

突然有个温热柔软的东西碰到我的手臂，让我吓了一跳。

我低头一看，有个四五岁的男孩把脸贴近我的肋下，很认真地盯着图画书。

大概是男孩的头碰到我的手吧。

这孩子想干吗啊？

我露出笑容说：“怎么？有什么事吗？”

没事的话就快点滚到一边去。我的声音里隐含着这种态度。

但是我的情绪似乎没有传达，男孩依然抬着头，睁着栗子般浑圆的眼睛望着我。

我被那双毫无畏惧的直率眼神看得很不舒服，同时也感到有些退缩。

“老师很忙喔，去跟其他的孩子玩吧。”

我流露刻薄的眼神说着。

即使如此，男孩还是没接收到我的心情，只是灵活地眨着眼睛抬头看我，露出天真无邪的表情说：“老师，这张图好漂亮喔。”

“是啊。”

“这是什么故事啊？”

“是在说一条很笨的人鱼被人类背叛，然后去报仇的故事。”

“抱愁？”

男孩迷惘地问。

啊啊，所以我就说我讨厌小孩嘛，他们根本不理解世上存在着恶意。

我合上书本，塞给那个男孩。

“想看的话就拿去看吧。”

“嗯。”

男孩直接坐在地上，翻开图画书。

“等一下，不要在这里看，去坐在那边的椅子上看啊。”

但是男孩没有理我，他立刻读了起来，而且还念出声音。

“唔……人鱼不只……在……方……海……也……在北方海……”

他好像有很多字不会念，频频歪起脑袋。

“你在这里会打扰到老师，去旁边看啦。”

“老师，这里要怎么念？”

“那个要念‘栖息’。”

“这个字呢？”

“‘南’啦。”

“这个呢？”

“你连‘洋’都不会念吗？”

“因为我还没学过嘛。那这个呢？老师。”

“‘荒凉’啦！真是的，不要一直问我啦。”

“那老师念给我听。”

“啊？”

我愣住了，男孩直冲着我笑。那种什么都没在想的天真笑容，跟小时候的心叶还真有点像。

“才、才不要。”

“老师念嘛。”

“不要。”

“念嘛，念嘛，念嘛！”

“哎呀！烦死了！不要拉我的手啦！”

“那老师念给我听嘛？”

满是期待的小脸仰望着我。

所以我说小孩都很任性妄为，又爱死缠烂打。

我满心无奈地说：“那只念一点点喔。”

我打算念个一两页，然后说“今天到此为止”就可以解脱了。

“耶！”

男孩的表情立刻变得很灿烂，这个表情也有点像心叶……

“‘人鱼不只栖息于南方海洋，也栖息于北方海洋。’”

我读起摊开放在腿上的图画书。

因为我已经有很多年不曾发出声音念书，所以我得难堪地承认，还真有些紧张。我到底在干吗啊？这有什么好在意的？

男孩以跪在地上的姿势看着图画书，我可以看见他的头顶有个发旋。

“……‘某一个晚上，人鱼为了生孩子，所以在寒冷黑暗的海中游向陆地。’”

当我回过神的时候，发现旁边的孩子增加了。

又多了两个孩子坐在地上，入迷地听故事。

咦？讨厌！他们是什么时候跑来的？

我有点不知所措，连忙合起书本。

“好了，今天到此为止。”

“咦咦咦咦咦咦咦咦！”

“再多念一点嘛！”

“老师，再念一下啦！”

孩子们一起大叫，害我都开始耳鸣了。

在另一边的运动区玩耍的孩子们也全好奇地跑过来。

不只是这样，就连两位职员都来了。

“怎么了呢，朝仓小姐？”

“呃，那个……这孩子要我念书给他听……可是我还在工作中，所以只能遗憾地拒绝。”

对方一听，不安的表情立刻笑逐颜开。

“什么啊，原来是这样。没关系啊，朝仓小姐，你就念吧。”

“啊？”

“念书给孩子听时，也可以同时兼顾柜台的工作啊。”

“可是……”

“大家都很高兴呢，那就麻烦你了。”

“……是的。”

开什么玩笑！为什么我还得做这么麻烦的事啊？

我在心中愤然大叫，却还是不甘不愿地翻开书本开始念。

听众增加到五个人了。

我受够了，快点结束吧！

“这个家里住着一对老夫妇，老爷爷负责做蜡烛，老奶奶负责把蜡烛拿去店里卖。”

“两人养大了这个婴儿。那是一位女婴，而且她的下半身没有人类的双腿，而是鱼尾巴，所以老爷爷和老奶奶都觉得她一定是传说中的人鱼。”

绑着两根马尾的女孩害怕地发抖。

看起来很淘气的男孩喃喃说着："脚是鱼尾巴？好酷喔！"然后，其他人也开始交头接耳说"我有看过人鱼喔""咦？骗人的吧""在水族馆看到的""那是海豚吧"……

"如果不安静听，我就不念了喔！"

因为我的口气很凶，所以现场一下子就静下来了。

我刚刚的表情……是不是……很吓人呢？

虽然孩子们变乖是好事，不过反应这样激烈还真让自己忍不住脸红。

我咳了两声，继续念故事。

"这不是人类的小孩吧……"

长大以后的人鱼姑娘用红色颜料在蜡烛上画图，店里的生意因此变得很好。

人鱼姑娘忍着手痛，不停在蜡烛上画图。

没有一个人发现人鱼姑娘画图的工作是多么辛苦。

孩子们屏息听着故事的发展。

他们一定很期待坚强的人鱼姑娘会被温柔的人拯救吧。

但是这个故事才没那么天真，它的结局残酷至极。

"某一天，从南方国度来了一位行商。"

"老师，行商是什么？"

“就是流浪艺人或是卖些杂货的人吧。”

“流浪艺人是什么？”

“大概像是马戏团那样吧。”

“马戏团是有狮子的那种吗？”

“是啊，还有猫熊和骆驼喔。”

虽然我也不知道是不是真有猫熊，总之随便回答就是，然后继续念故事。

行商说服老夫妇卖掉人鱼姑娘，而见钱眼开的老夫妇也答应了。

人鱼姑娘哭着哀求“请让我留在这里”，但是老夫妇却不理她。

她一边哭，一边继续用红色颜料画蜡烛。

后来行商终于来了，他强硬地带走人鱼姑娘。

人鱼姑娘只留下几根涂红的蜡烛，然后就被关进笼子里用船载走。

听着故事的孩子们脸色都越来越黯淡，我不怀好心地继续说下去。

某个晚上，有一个女人去老夫妇的店里买蜡烛。那个女人的头发全都湿淋淋的。

她买了人鱼姑娘最后留下的那些红蜡烛，然后一个人默默离去。但是，女人留下的钱都是贝壳。

那天晚上刮起了剧烈的暴风，载着人鱼姑娘的船翻覆了。

而且小镇也受到波及，整个被淹没。

突然间，我听到一声啜泣，不禁吓了一跳。

看到白嫩光滑的小脸上沾着泪滴之后，我更惊慌了。

在哭的是一开始央求我念故事，有点像心叶的那个男孩。

“呜呜……人鱼姑娘后来怎么了？她跟亲生母亲见面了吗？”

“天晓得，故事到这里就结束了。”

我这么一说，男孩更是泪流不止，连旁边的孩子也都跟着哭了。

“她一定淹死在海底了。”

“好可怜喔。”

我最怕人家哭哭啼啼的。

“你们真笨耶，这个女孩是人鱼，所以就算掉到刮着暴风的海里也不会死啦。她一定逃出了笼子，跟人鱼妈妈一起在海底生活喔。”

“呜呜……真的吗？”

“她妈妈去接她了吗？”

一双双带泪的眼睛仰望着我。

“是啊，这个故事还有后续发展喔。人鱼姑娘被人鱼妈妈带回海底，那里有一座白色和蓝色贝壳盖成的美丽城堡。

“其实人鱼妈妈是海洋女王，所以人鱼姑娘变成了公主，海葵、鮟鱇鱼、比目鱼和章鱼都来热烈欢迎她呢。”

孩子们原本黯淡的表情，现在就像对着太阳的向日葵一样发光。

“还有其他的人鱼吗？”

“嗯嗯，人鱼妈妈在生孩子的时候虽然是孤单一人，可是后来有很多人鱼从南方海洋来到这里，所以现在的海底非常热闹呢。而且，其中也有人类喔。”

“咦咦？”

“也有人类？”

孩子们都好奇地探出上身。

“是啊，那个人类被关在海底城堡最里面的房间。”

“他是坏人吗？”

“不是，他是外国的王子喔。他还是个少年，有一双像南方海洋一样蓝的眼睛，头发像稻穗一样是金色的。”

“为什么他可以在海底呼吸呢？”

“他在遇到船难溺水的时候被人鱼救了，人鱼把自己的鳞片借给他，所以他可以在水底呼吸。变成海洋王国公主的人鱼姑娘后来跟这个少年王子很要好，很快乐地活着喔。”

我流畅地编出海底世界的故事，描述那里有多么舒适美丽，人鱼姑娘又过得多么幸福。

孩子们都着迷地仰望着我，表情越来越开心，嘴边也渐渐露出笑容。

简直就像心中点亮了一盏小小的灯火。

在细细蜡烛顶端燃烧，如梦似幻的火焰。

然后，就像人鱼姑娘用红色颜料在白蜡烛上画出美丽的图案一样，我的脑海中浮现一幅又一幅的画面，我再将画面化成言语。

蜡烛的小小火光也在我的心中燃烧。

孩子们都露出欢喜的笑容，用尊敬的眼神看着我。

“好有趣喔！”

“老师要再念书给我们听喔！”

“约好了喔！老师！”

听他们七嘴八舌地吵闹，我却不觉得厌烦了。

◇　◇　◇

隔天，再隔天，再后来的日子，我都会为孩子们念书，然后创作后续的故事，说给他们听。

譬如说，狐狸阿权后来保住性命，还跟兵十成为好朋友；《弗兰德斯的狗》（A Dog of Flanders）里面的尼路和忠狗柏加殊，在病危的时候被救活了，尼路的画还在展览会得到优胜奖；哭泣的赤鬼出去旅行找寻青鬼，并且跟他重逢了；小锡兵最后也跟芭蕾娃娃过着幸福快乐的日子。

那个有点像心叶的男孩天天都会来，缠着我说故事。

其他孩子也会抱膝围坐在我身边，用充满期盼的表情抬头看我。

看着他们这副模样，我仿佛又回到了小学时代，回到说故事给心叶听的那段时光，胸中充满温馨的感触。

我以前明明是那么讨厌小孩。

但是他们现在叫着"老师！老师！"围过来时，我却不觉得讨厌。一边观察他们直截了当的反应一边编织故事，也让我觉得很有趣。

这些孩子竟会因为我创作的故事而开心成这样。

我曾经以为自己再也没办法创作故事，以为自己很久以前就失去那种能力，再也没办法在幻想世界里随心所欲地飞翔。

但是，只要面对这些孩子，我就会不断想到美丽的画面，仿佛空荡荡的体内深处又充满了故事一样。

"老师，卖火柴的女孩后来去了天国吗？"

“你不知道吗？这个故事还有后续喔，那就是……”

我以感动的心情注视着这些专心听故事的孩子眼中亮起灯火。

“朝仓小姐很受欢迎呢。”

“不会啦。”

虽然我谦虚地回答，但是我想自己的鼻子一定在抽动，脸颊也一定笑开了吧。

就这样过了一个礼拜。

第一次打工就能做得这么顺利，让我真想跟一诗炫耀一番，但我这个礼拜里一次都没看见一诗。

他是不是还在为我那句“说不出什么有趣话题之前都别来找我”而烦恼？

难道他会在家里独自练习讲相声吗？怎么可能嘛。可是，或许他真的会找笑话集来看吧。

反正要不了多久，他就会神色自若地出现，毕竟他一直都是这样。

我开始会在回家的路上、在街道转角、在行道树下找寻一诗的踪影，光是听到树枝被风吹得嘎嘎作响或是空罐滚动的声音，都会令我心惊肉跳。

我又不是多么介意，想来找我的话就快点来啊。连个短信都没有，到底在打什么主意啊？

下次见到一诗时，我一定要好好整一整他，竟然让我等了这么久。如果他说不出有趣的话题，我就绝对不理他。唔……虽然我也不是多期待他出现啦。

在这段莫名焦躁的期间，有一天午休我在职员室吃酪梨鲑鱼三明治的时候……

“不好意思，听说这里有个新来的工读生，就是你吗？”

一位三十岁左右的女性走进职员室。

“嗯，是的。”

这是哪个孩子的母亲吗？

她以称不上亲切的眼神仔细扫过我的脸、脚、放在椅子边的拐杖，然后把视线拉回我的脸上，用含有厌恶的语气说：“你经常说故事给孩子们听吗？”

“……是的。”

她的脸上虽然挂着微笑，但是声音和视线都刺得我皮肤发疼。

坐在窗边座位上的男职员露出了碰到麻烦般的困扰表情，偷偷看着我们这边。

“麻烦你别教我家孩子说谎好吗？”

“说谎？”

“像是狐狸阿权还活着，或是汉斯和格莱泰经营的糖果店赚了大钱。孩子把这些事情当真了，还在亲戚的法会上说出去，结果他的堂兄弟都说他在胡扯，后来竟然大打出手，我的脸都被丢光了。”

我感到全身血液顿时冲上头部，心中像是被挖出一个大洞。

太阳穴开始隐隐作痛。我已经听不进其他声音，只能听见尖锐的耳鸣。后来那位母亲说了些什么，我自己又回答了什么，我都没印象。

我只是模糊记得自己好像尴尬地回答了一两句话，还向她低头道歉。

男职员好像也跑来打圆场说“她没有恶意啦”。

那位母亲临走之前又说了些什么，我也不记得。

我只记得，她最后仍以皮笑肉不笑的做作笑脸看了我一眼。

后来三好跑来安慰我，叫我不要放在心上。

她说最近有很多父母碰上一点小事也要投诉。

但是，我这天已经笑不出来了。当孩子们吵着“老师念故事嘛”时，我只能低声回答“我以后都不念了，因为太累了。”

——麻烦你别教我家孩子说谎好吗？

那位母亲说的话不断刺痛我的心。

以前我曾把宫泽贤治的童话抄在活页纸上，当做自己创作的故事讲给心叶听。

——好厉害喔！美羽！你一定能当上作家！

——美羽，后面还没写好吗？我好想快点看到喔。

我已经写不出故事了。

心叶天真的笑容割伤了我的心，但我依然为了留住心叶而不断说谎。

但是，我在儿童馆对孩子们说的故事并不是谎话！那确实是我自己想出来的！

就跟我刚认识心叶的时候一样，那些故事和色彩缤纷的语句泉涌而出，讲出这些故事让我感到很快乐。

每当我点亮孩子们眼中的灯火，我都觉得好兴奋。真想让他们更吃惊、更高兴。

可是，这种行为却被批评是在教人说谎。

我感觉全身刺痛，额侧发烫。

在闭馆之后的打扫时间，我一直紧咬着牙关。

我好不甘心！我才不会因这种小事受到打击，我才没有受到打击！

可是，眼眶却忍不住发酸、发热。

讨厌！我才不想哭呢！

结束了所有工作正要离开时，我看见即将降雨的阴暗天空。空气充满湿气，感觉很不舒服。

我低头拄着拐杖行走。

我不想哭。

我不想哭。

我不想哭。

在我喉咙发热，紧咬嘴唇的时候……

“朝仓。”

一个低沉的声音呼唤着我。

在转角前的阴影处，一诗脸上挂着歉意站在那边。

为什么他偏偏要挑我心情最差的时候若无其事地出现啊？愤怒和迷惘使我脸颊热了起来。

“什、什么嘛……你已经说得出有趣的话题了吗?”

我本来打算像平时一样讽刺他，但是才一开口，泪水就好像快要从眼角滴下，因而连忙把脸转开。

“……怎样？快说些什么啊，干吗闷不吭声的?”

一诗以忧愁的语气说：“最近……我有很多事要忙。虽然我很担心，却一直没办法来看你……对不起。”

“干吗道歉啊？像个笨蛋一样。既然说不出有趣的话题，就别跟我说话。再说我可不记得何时拜托过你来找我，就算你不来，我也一点都不在乎……”

我的喉咙哽住，视线也变得模糊。

脸颊上滚落一滴滴温热的水珠。

讨厌，我是怎么了？不快点止住就会被误会我在哭了。但我就是停不住，每次眨眼都会有水珠溢出。

一诗惊讶地吸气，然后沉默不语。

我依然把脸转向一旁流泪，努力挤出沙哑的声音说：“这、这个……不是那样啦……是因为眼睛不太舒服，所以眼泪流出来……对了，是隐形眼镜移位！只是因为这样啦！”

我感觉一诗朝这边走近。

清爽的发蜡和淡淡的汗水味……男性的味道传来，接着，突然有一双结实的手臂抱住我。

有如把我围绕在怀中，轻得像是没碰到我一样，非常温柔地抱着……

我的脸颊贴上一诗的胸口。

“……这不是你的错，不要在意了。”

轻柔的声音在我耳边倾诉。

他知道我在儿童馆被家长抱怨的事？

“你怎么会知道？”

“三好小姐联络过我了。我拜托她，你有什么事情的话要通知我。”

我的身体顿时发冷，胸口几乎要胀破。我用拐杖支撑着身体，用力把一诗推开。

脑袋里呜呜呜叫。

我的喉咙痛得像是被掐紧一样，心中爆出熊熊怒火。

在湿气笼罩的阴暗道路上，一诗眉头紧皱、眼睛眯细，很难受地低头看着我。

“你……你一直叫人监视我？我是那么脆弱，那么不能信任的人吗？”

一诗依然闭口不语，就像平时那样，只是静待着我的怒气过去，俨然把自己当做我的保护者。

我举起拐杖，往一诗的头敲过去。

锵的一声，一阵麻痹感传到我的手上。

一诗他……他没有闪开。

他明明知道我要打他，但是却一脸抱歉地凝视着我，被我打到的瞬间还是挺直腰杆，分毫不动。

打了他的我反而失去平衡，差点跌倒。

“……对不起。”

听到他道歉，我更觉得胸痛欲裂。

“我最讨厌你了！我再也不想看见你！”

我哭着嘶声大叫，然后转头逃走了。

讨厌，讨厌死了！

回到公寓以后，我一个人在房间里，趴在床上，紧抓着床单。

讨厌死了！讨厌死了！

我才不要受人保护，我才不要有个不管我做什么都不生气的温柔保护者！说什么“想要成为你的力量”，那都是对自己怀有优越感的人才会说的台词！

虽说如此，我并不是真心说出“再也不想看见你”。

我只是看不惯他成熟懂事的表情，所以故意想让他头痛，并不是存心要伤害他。

我一直很想当一个带给别人幸福的人。

我想要在温暖、和平、美丽的世界里为别人而努力，并会因为帮助别人而由衷感到开心。

我想要成为那样美好、那样温柔的人。

就像栖息在寂寥北海的人鱼憧憬着人类世界一样。

——听说人类居住的地方很美。

——听说人模拟鱼类和其他兽类都更温柔体贴。

好想去人类的世界，想要被人所爱，想要爱人，想在人群之中过活——在海底不断不断这样祈求着。

但是，人鱼的梦想幻灭了。

人类没有那么完美，也不是那么温柔。

他们会憎恨，会嫉妒，会诅咒——痛苦、折磨、心肝欲裂，胸中有这些暴风般的情感翻腾着。

他们会伤害别人，舍弃别人，打击别人——就算心里不打算做这些残忍的事，却还是会做。

人类就是这么脆弱、丑陋的生物。

要怎样才能平息暴风呢?

要怎样才能变得温柔呢?

我能带给其他人幸福吗?

一诗困扰的表情，孩子们失望的表情，还有小时候的心叶笑嘻嘻的表情，依次浮现在我眼底，刺痛了我的胸口。

像是得了重感冒的热度和呼吸困难把我折腾得死去活来，但我还是一直这样沉吟到天亮。

我大概只睡了一个小时吧?身体的疲劳一点都没有消除。

我是被手机铃声叫醒的。

谁一大早就打电话来啊?

我不耐地看了来电显示，顿时大吃一惊。

是心叶!

我急忙从床上爬起，忐忑不安地按下通话键。

“喂、喂喂……”

“美羽?”

是心叶的声音。

但是不知为何，他的声音听起来很没精神，好像还很伤心。

心叶对竖耳倾听的我传达了熟人的讣闻。

“芥川的母亲昨晚过世了。”

◇　◇　◇

两天后，葬礼在一个宽阔的会场中举行。

心叶穿着学校制服来接我，我们一起去吊唁一诗的母亲。

躺在医院病床几年都没醒来过的她显得很年轻，表情既平静又安详。

遗照上微笑的脸庞也十分美丽高雅，散发出包容一切的温柔气质。

一诗和父亲以及两位姐姐站在一起，对参加葬礼的宾客回礼。他跟平时一样站得笔直，表情稳重又正直，但或许是强忍哀伤之故，他的侧脸在葬礼之中始终很僵硬。

心叶告诉我，一诗母亲的情况在这一周内发生剧变，所以一诗都住在医院里照顾他母亲。

昨天他来找我时，想必也是从医院直接过来的吧？那时他应该没空顾虑到我的事，但他听到我心情低落却还是来了……

结果我还用拐杖打他，对他说了很过分的话。

悔恨交加让我几乎喘不过气，我实在没脸去见一诗。

“美羽，我们去找芥川吧。”

“我……”

我好害怕。

我怕到抓着拐杖的手开始冒汗，怕到双脚都在发抖。但在犹豫之中，我还是遵照心叶说的话，朝一诗走去。

“芥川。”

心叶悄声叫着，一诗离开家人身边走向我们，一边露出僵硬的微笑。

“井上，朝仓……谢谢你们来这一趟。”

“不会。你一定很辛苦吧。”

我怀着锥心蚀骨的痛楚听着他们两人对话。我实在无法抬头看一诗。

“那我们先走了，芥川。”

“嗯嗯，我会再跟你联络。”

我缩着身体站在心叶旁边，声音完全哽在喉咙，说不出一句安慰或道歉的话。

“芥川……是不是都没睡呢？他看起来很疲倦，好像一直在硬撑的样子。”

在殡仪馆的走廊上，心叶边走边担心地说。

“因为他一直很敬爱母亲，所以……他一定难过得不得了吧……”

我突然转身。

“美羽？”

“心叶，你先回去吧。”

“你要去哪啊？”

“别跟过来。”

我冷淡地说完，叩叩叩地拄着拐杖走向来时的道路。

我走向家属休息室时，看见一诗独自站在走廊上。

他背对着我，一手撑在墙壁角落，低垂着头。

看到他肩膀颤抖的模样，我几乎停止呼吸。

他在哭吗……

怎么办？一诗还没发现我。

我是不是该转身离开呢？

但是，我还是放轻脚步继续走向一诗。

一诗的肩膀依然颤抖，握紧的拳头用力按在墙上，他的拳头也一样在颤抖。

当我走到一诗身边时，他还是没有回头。

后来他回头时，那张端正的脸庞上没有泪水。

他紧皱眉头、眼眶泛红、紧咬牙关，表情痛苦不堪，但还是强撑着不让泪水流下。

看到他那张忍着不哭的脸，比看到他的哭脸更让我感到震撼，胸口痛得像是快要裂开似的。

我从来不曾看过这么深刻的哀痛和失落。

小时候，每次心叶哭丧着脸，我都会编故事来安慰他。虽然让他难过的原因多半是因我而起，我却可以不当一回事，照样说着美丽而愉快的故事，让心叶的心情好转。可是，看着因为失去重要的人而咬牙忍泪的一诗，我却连一句安慰的话都说不出来。

我可以很简单地抹去心叶的悲伤。

但是这种……这种哀伤更深、更痛……更凄苦，我实在不知该怎么办才好。

在沉痛和懊恼的迫使之下，我朝一诗走近一步。

一诗很难过地眯起眼睛。

他紧咬的嘴唇已经泛青，注视我的眼神就像在向我求救。

我伸出手去，靠着一诗的胸膛抱住他。

突然间，一诗用几乎让人窒息的强烈力道抱紧了我。

他连我用来支撑身体的拐杖也一起抱住，那是紧密、牢固、强力得让人头昏的激烈拥抱。

我觉得拐杖和骨头好像都要碎掉了。

一诗伏在我的肩上，发出呜咽。

那双大手——那一根根手指深深嵌入我的背。好痛。

这跟他昨天在儿童馆附近抱我的方式完全不同。如今他释放出所有的情感抱住我，我才得以了解，这双手有多强壮、多激动。

然而，在他用双臂温柔环绕着我的时候，又是那么小心翼翼。

我环拥着一诗的手，感到他的背就像被火烧热的石头一样坚硬而炽热。

我也紧紧抱着他。

因为我现在能做的事只有这样。

突然有种很想哭的心情。

在一诗放开双手之前，我一直紧紧抱着他颤抖的身体。

我不知道一诗到底哭了多久。

当他松开手臂时，直视着我的他露出非常彷徨、羞赧的表情。

“呃……那个，对不起。”

“没什么。不过如果是平时的话，我一定会揍你。”

我别开了脸回答。

“我实在不知该说些什么……”

“那就……打电话给我吧。”

“朝仓……”

我瞪着他迷惘的脸。

“传短信也行，到时再好好跟我道歉吧。”

一诗又眯起眼睛，露出哭泣般的表情，喃喃回答“我知道了”。然后他对我深深一鞠躬，接着挺直腰杆走回休息室。

我突然觉得脸颊发烫，因此站在走廊上深呼吸，这时传来一个年轻的女人声音。

“谢谢你，朝仓小姐。”

我吃惊地回过头，看见一位穿着丧服、清秀高挑的美人。是一诗的大姐！她也是三好的学姐，应该是在外商公司工作。我在一诗的家里见过她一次。

难道，刚刚那个场面被她看见了？

我一时之间慌了手脚，一诗姐姐只是继续说：“对不起，我正要回休息室，刚好撞见一诗跟你抱在一起，所以不好意思走过去。”

“那、那是因为……”

“谢谢你让一诗哭了。”

“……”

这句话让我哑口无言。

“那孩子直到今天都没有哭过。母亲过世，最难过的人明明就是他啊……”

我也听说过，一诗的母亲是在生下他之后身体才开始变差。

所以一诗为了不让母亲操心，从小就一直鞭策自己务必要成为一个顶天立地的男子汉……

“那孩子无论读书或运动，一直都是表现优异，简直是个完美到几乎惹人厌的优等生，所以很容易被人误会。但其实他只是个容易认真过头又笨拙的孩子。就算状况不对，他也不会适当地随机应变。他总是压抑着自己的感情，拼命地忍耐。

“但是，朝仓小姐，你让一诗哭了呢。”

“我……我……”

看到她这么感激的眼神，让我觉得浑身不对劲。

“对了，朝仓小姐，你住在我们家的那天，曾经直呼一诗的名字使唤他对吧？那时你在二楼很大声地叫着：‘你在干什么啊，一诗！快点啦！’”

我听得脸都热起来了。

那是跟琴吹一起等着心叶的时候。因为一诗跟心叶一直在楼下说话，迟迟不进房间，所以我才在楼上大喊“快点”。

一诗的家人一定会觉得我是个很没规矩的女孩吧？

虽然那时我一点都不在意，现在却羞耻得脸上有如着火一般。

“呃……那是因为……有很多理由啦……”

一诗的姐姐见状，噗哧笑了。

“没关系啦。我那时听见，就觉得如果是这女孩一定没问题喔。”

“咦？”

她对发愣的我露出爽朗的笑容。直到方才她给人的感觉都还很优雅，现在却突然变得很活泼，换了一副戏谑的表情。

“我们家族里的男性啊，个个都是顽固又死脑筋，女性则都看上去文静，实际上很拗。我跟妹妹在外面时都会摆出认真乖巧好学生或是千金小姐的模样，其实根本不是这么回事。母亲也一样。”

遗照上的她看起来是个温柔又娴静的人。不过……脾气很拗？表面文静？

一诗的姐姐爽朗地微笑着。

“她虽然外表看来柔弱，但是个性硬得很，又很任性，只要是她决定的事就绝对不容转圜。就这样，她不顾周遭人们的反对，坚持自己的意见生下了一诗。而且她对这件事从来就不曾后悔过，跟一诗在一起时，她总是笑得很开心。”

我越想越迷糊，实在没办法把那么坚强勇敢的女性跟遗照上的脸连结在一起——但是，我的胸中就像灌入了被太阳晒暖的热水一样，变得好温暖……

“要再来我们家玩喔，朝仓小姐。”

听到一诗的姐姐这样说，我立刻点头答应了。

◇　◇　◇

隔天。

我坐在儿童馆的柜台里，那个像心叶的男孩抱着图画书，怯生生地走过来。

他像是希望我念故事，一脸期待地抬头看我，但是他因为这阵子经常被我拒绝，所以不太说得出口。

“要老师念书吗？”

“……嗯。”

“好啊。”

“真的吗？”

男孩的表情顿时亮了起来。

“那个……那老师也会再编故事给我听吗？”

“可以啊，不过要偷偷地说喔。”

“嗯！”

男孩用力点头。

我把图画书摊在腿上。

啰嗦家长的抱怨根本不算什么。

如果她再来的话，我一定要尽力说服她。

没错，一定要更勇敢一点。

在我胸中点亮的灯火跟烛光一样微弱，或许一点微风就能轻易吹熄。

但我还是会一再将它点亮。

下次再对孩子们说说人鱼姑娘和王子的故事吧。

人鱼姑娘和长大的王子一起离开海洋王国，迈向阳光普照的陆地王国。

在那里，他们虽然有时遭受挫折，有时烦恼，有时开心，不过一定会生气蓬勃地生活下去。

文学少女和门内的公主

那位“文学少女”只留下一幅肖像画而离去，到现在已经过了多少时间呢？

我跟她第一次交谈，是在高中一年级的春天。

在那之前，我完全不相信有通往夏天的门。

我从小住到大的屋子虽然有多到数不尽的门，但是一扇一扇打开来看外面的景象根本就没有意义。

因为只要我在屋内就是无尽的寒冷冬天，而且我也无法离开这里……

所以我打从一开始就不想开那些门。

我深深相信，想要开门的话，就只有离开这里。直到那一天来临之前，我还是只能继续忍受囚犯般的生活。

我跟天野远子的相遇就是在这个时候。

◇　◇　◇

入学典礼当天，有位绑着麻花辫的少女，专注地盯着贴在走廊上的班级名单。

她樱花色的嘴唇浮现柔和的笑意，清澈明亮的眼睛郑重其事地望着一个个同学的名字。

覆在白皙额头上的刘海是自然的黑色，细长的辫子在她纤细的腰边轻轻摇曳。

她整个人都好纤细，水手服缎带下的胸部扁平得让人简直要拍手叫好。

多么完美啊！简直是保育类动物！

偶然从旁经过的我顿时停下脚步，惊愕地颤抖。

这样气质典雅的美少女可不是随处都可以看见。

我有四分之一的外国血统，五官深邃，体型凹凸有致，头发也是抢眼的棕色，所以我从以前就很难抗拒这种清纯类型的女孩。

比起锋芒外露的丰胸加上小蛮腰，我认为这种平坦的胸部更能让人感受到浪漫的气息。

啊啊，真想剥光她……

真想画她！

那水手服底下的躯体会是什么模样呢？

肌肤的色调是如何？曲线又是如何？

如果去除多余的装饰，一定能更突显出她的清纯可人吧。

我的脑袋痴迷地想象着乌黑秀发披在白皙剔透肌肤上的鲜明对比，同时不假思索地走到她身边。

即使我跟她靠近得肩膀几乎相触，她还是没注意到我，依然愉快地盯着名单。

侧脸也好美啊。不知道她的声音是怎样？

她笑眯眯地看着名单，突然像是感受到寒气一样，颤抖了起来。

或许她发现我正以邪恶的眼神盯着她吧。她以看见什么可怕东西的表情转过来，发现我竟然这么靠近，肩膀又震惊地跳动了一下。

“！”

我心想她那睁大眼睛的模样也好可爱，同时对她爽朗一笑。

结果她表情也缓和下来，似乎松了一口气，然后开始跟我说话。

“你也是八班的吗？”

她的声音虽然有些紧张，但还是显得清澈又温柔，跟她的外表完全符合。

啊啊，声音也是美少女等级呢。

“不，我是一班的。”

“喔？那你为什么在看八班的名单呢？”

“我看的不是名单，是你。”

“咦？”

她又睁大了眼睛。

“我是姬仓麻贵，请多指教。”

“我、我是天野远子。呃……你说在看我……这是为什么？”

“我在想，你愿不愿意当模特儿让我画呢？嘿，能不能拜托你呢，天野同学？”

“我？”

“我对你一见钟情了。”

我眯着眼睛热情地注视着她，她一下子就脸红了。这有趣的反应让我不禁莞尔。

“这怎么行……叫我当模特儿……哎呀，该怎么办才好呢？啊啊，可是如果只有一下下的话……”

“请你务必让我画你的裸体画。”

“咦！”

惊吓到无以复加的远子整个人呆住，露出像是看见未知生物的眼光仰望着我。

我以手指托着远子的下巴，嘻嘻一笑。

“好啦，拜托你嘛，让我看看你一丝不挂的模样吧。我会把你全身上下所有小地方都实实在在地画出来。”

远子直到刚刚都还红彤彤的脸顿时发青，她的表情像是很害怕，又仿佛很困惑。

“我我我我我拒绝！”

她奋力大叫，挥开我的手，甩着像猫尾巴一样的长辫子逃进教室了。

哎呀呀，单刀直入地说出真心话好像不太恰当呢。她一定把我当成变态了吧？

但是，她那慌张的表情真的好有魅力，所以这样也好啦。

机会以后多得是。若能让拼命抗拒的她转而接受这要求，一定会更愉快吧。

◇　◇　◇

回到家以后，我在走廊上想起远子的事，忍不住窃笑起来。

这模样很不幸地被祖父撞见，他严厉地瞪着我。

“怎么露出那么低俗的表情？姬仓家的女儿是不会站在玄关偷笑的。”

“哎呀，您回来啦，祖父。”

我依言挺直身体，露出优雅的微笑。

祖父身为姬仓集团的领袖，好像硬朗得杀他一百遍也死不了。他挂在左眼上的镜片闪烁着光辉，右眼嫌恶地眯起，很不愉快地盯着我的头发。

“我不是说过，要你在开学典礼之前把头发剪短染黑吗？”

我这一头波浪卷的棕色闪亮秀发又多又长，披垂到后腰。祖父非常讨厌这样的头发。

因为这是混血儿母亲遗传给我的。

因为祖父认为母亲配不上姬仓家，故意百般刁难，所以母亲多年前就抛下丈夫和女儿，回她的爱尔兰老家了。

“现在染发才不自然吧？我真正的头发就是这样，我在姬仓家的亲戚和公司相关人士面前也都露过脸了。请不用担心，我不会做出有辱祖父这位理事长名声的事，今天也向管弦乐社交出入社申请书了。”

祖父还是不满地瞪着我。老人家的固执真叫人无可奈何。

我说着“那我要去读书了”就赶紧逃走。为了表示些微反抗，我还故意甩了一下长发。

在姬仓家里，任何人都不敢违逆祖父。

其实我想参加的是美术社，但是祖父希望我进入管弦乐社。

因为他自己和儿子都在管弦乐社担任过指挥，所以身为姬仓家继承人的我也非得照办不可。我就连想画图都不被允许，只因祖父认为当画家没有出息。

不过，我因此得到音乐厅最顶楼的房间。

祖父说，只有在学校的时候可以去那里画图。

明明是我自己的事，却没办法照自己的意思做主。

凡事都得遵从祖父命令的生活压迫得我几乎喘不过气。因为乖乖听话而得到画室这个奖赏，我也一点都不开心，只觉得那像是一座漂亮的监狱。

好想早点获得自由。

我渴望得喉咙快要迸裂。

为什么我只有十五岁呢？我好想快点长大，就算只早一天、一分钟都好。我想要得到能够推翻祖父极权统治的强大力量，不想再当个软弱无力的学生。

如果这三年间都只在坚固的牢笼中，一味把课本上的文字塞进脑袋地接受教育，根本就毫无意义。

我想在更宽广的世界里学习其他事情。

我的胸中像是有个布满尖刺的物体撞来撞去，到处刮摩，让我的心情怎样都平静不下来。

但是……

一想起今天刚认识的那位辫子少女，心情就很奇妙地变得轻松。

那女孩的眼睛好闪亮。

她仿佛深信才刚开始的学园生活一定会充满光辉，因而用那充满希望的开朗表情专注地仰望着班级名单。

在那女孩的身边，好像连空气都变得平静清澈了。

啊啊，我还是好想画那女孩——天野远子。

◇　◇　◇

第二次见到远子大约是在一周后。

放学后，我经过鞋柜附近的走廊，看见她跟一群体格壮硕的男生闹得不可开交。

“是赛艇社做的吧？你们绝对瞒不过我这‘文学少女’的眼睛！”

“啊？我才不知道咧！”

“就是啊，就是啊！不要胡说八道，这跟赛艇社一点关系都没有！”

“骗人！你们之前不是还特地来示威吗？”

“那是因为文艺社一直不肯走啊！”

“现在才四月而已，说不定我们的社员会再增加，那就不用让出社团活动室了！”

“哇哈哈哈哈，不可能啦！谁会对文艺社这种垂死的社团有兴趣啊？”

“你说什么！”

对方似乎是高年级学生。

该说她勇敢还是鲁莽呢？面对这群体重是自己好几倍的凶恶男生，她依然握紧拳头挺身对抗。

那个模样就像是对着狰狞野狗竖起尾巴的小猫。

“在吵什么啊？”

我开口问道，所有人的视线同时朝我射来。

远子“啊”了一声，然后露出排斥的表情。

“你是干吗的？”

男生们也都皱起脸孔。

“我是这女孩的主人。”

我环抱双臂昂然说着。

“才不是！”

远子立刻鼓着脸颊反驳。

“那该说是情侣吗？”

“才不是！是完全不认识的人啦！”

男生们都呆住了。

“哎呀，我不是跟你说过我的名字了吗？我叫姬仓麻贵啊，天野同学。”

“你是姬仓？”

一直耀武扬威的那些人突然脸色发青，然后小声地交头接耳。

“喂，姬仓该不会就是理事长的……”

“糟糕……快走吧！”

看来学生之间也都听说姬仓光国的孙女入学的事了。

从我懂事以来就是这样。

不管走到哪，大家一听说我是姬仓家的人，就会因为我的后台而怕我或是巴结我。

事到如今我也不以为意了，只觉得“啊啊，又来了”。

看到那些男生悻悻离去，远子好像还想继续追击。

“啊！我的话还没说完耶！把书还来啊！”

我伸手抓住远子的辫子，她“呀”地大叫一声，转过头来。

“你在做什么啦！”

她按着头，含泪瞪着我。

我上身前倾，露出再温柔不过的微笑。

“不嫌弃的话就把事情告诉我吧，我能帮得上忙喔。”

“不需要。”

远子像是要把我赶开似的甩甩手，然后转过身去。

“是吗？我倒是觉得我帮得上大忙喔。”

在这学校里，没有我做不到的事。

因为我是“姬仓”，所以我做什么都不会有人说话，想要什么都拿得到，去任何地方都通行无阻。

唯一做不到的事，大概只有不当“姬仓”吧。

反正学园生活这么无聊，有些娱乐和调剂是必要的。

此外，能卖远子一份人情也不错。

就用这当做筹码让她答应当我的模特儿，把她带到画室，剥得一丝不挂吧。

“现在可是文艺社的危急存亡之秋，我才没空理你这种怪人。”

“你是文艺社的啊？我们学校有这种社团吗？”

“真没礼貌！从创校以来就有啦！”

“哎呀，真是不好意思。所以呢？文艺社的危急存亡之秋是指什么？”

我跟在快步前进的远子身边问道，她很不耐烦地回答：“书不见了啦，这可是大事件喔。”

“就只有这样？”

“什么叫做就只有这样？那可是珍贵的书呢！”

“不过就是书嘛，再去书店买不就好了？”

“那可不是能够随便买到的书啊！”

“是高价的古书吗？”

远子激动地大喊：“是啊！那是学长们代代传承下来的文艺社珍贵藏书，是价格无法估计，非常——非常——重要的书喔！”

◇　◇　◇

“咦？具有历史性的古书？重要的文化财产？价值有天文数字那么高？咦？咦咦？天野同学这样说吗？不、不是啦，不是那么了不起的东西，不见的那些都只是旧书啦。”

三年级的小南友受到极大惊吓，不断眨着眼睛。

他的外表很符合文艺社社长的形象，顶着一头乱发，戴着眼镜，是个身材瘦小看起来又很正经的男生。如果要拿动物比喻，大概就像胆小的松鼠。他好像始终静不下来，一直扭扭捏捏的。

我们在文艺社的活动室谈话。

活动室在三楼的东南侧，室内十分清洁明亮。

不，正确说来应该是很寒碜，没有任何多余的东西。

只有一张表面斑驳的老桌子和铁管椅，以及高大的书柜，而且就连书柜里都看不见一本书。

简直就像趁夜奔逃。

“难道被偷走的书不只一本？”

我这么一问，远子就气愤地大叫。

“是啊！房间里所有的书都被搬光啦！这书柜上、那里的墙边、那扇窗户底下、还有这里的桌下，还有这里跟那里，本来都堆满了书耶！那都是文艺社的学长姐们心驰神往地捧着，一页一页慎重翻开，为之欢笑、落泪、深受感动，充满青春回忆的漱石、鸥外、狄更斯（Charles Dickens）、曼斯菲尔德（Katherine Mansfield）还有契诃夫（Anton Pavlovich Chekhov）啊！太过分了！我绝不原谅他们！”

原来如此，难怪这房间是这模样。空着的地方原本都堆满了书本啊。

“到底被偷走多少书呢？”

“呃……我没有数过，也不太清楚，不过应该有五千本左右吧。”

小南含糊地说着，在他身边的远子却斩钉截铁地说：“不！有一万本！”

就算把远子说的话打了折扣，也是有几千本书突然消失，这实在不太寻常。

“书是什么时候不见的？”

“我今天午休时间来到社团活动室，就发现室内变得空荡荡的了。一定是周五放学以后不见的，绝对错不了。”

今天是星期一。这么说来，犯人很可能是在周六和周日把书搬出去。

到底是为什么？没理由花费这么大的力气搬走没什么价值的大量书本啊。

远子的脸颊气鼓鼓的。

“最可疑的还是赛艇社啦！如果是那些满身肌肉的人，一定可以轻轻松松搬走一万本书！”

“赛艇社为什么可疑呢？”

“因为赛艇社一直觊觎我们的社团活动室啊！”

从远子气急败坏的说明听来，是因为文艺社的社员人数不足，所以即将被降级成同好会。如果事情演变成那样，社团经费就会被裁减，社团活动室也得让出去。

相对的，今年从同好会升级成社团的赛艇社就能搬进这个空房间。

“像赛艇社那样的社团，就算没有活动室还是能活动啊！可是他们却专程跑来放话说‘你们什么时候才要离开啊’‘真碍事，快点搬走吧’之类的话耶！还踢倒了堆在地上的书，说什么‘这些垃圾山也快点处理掉吧’，简直就像是恶质的地产商嘛！”

远子说得满腔怒火。

“也就是说，想要赶走你们的赛艇社把书偷走了？”

“是啊！只有这个可能性！他们看起来就像会做这种事的人啊！”

这样说是没错啦，那些人确实长得一副反派摔跤手的模样。

“可是反过来想，这样不是更省事吗？麻烦的搬家工作已经有人代劳了。”

"啊，这么说也对啦。"

在气势凌人的远子面前显得很没有存在感的小南敲了一下手。

"如果只有我跟天野同学两个人搬，一定会很辛苦吧。这样或许比较好，嗯。"

"你怎么可以跟着附和啊？社长！"

远子大吼着。

"一点都不好啦！珍贵的书本都不见了耶！就连社长喜欢的亚瑟·克拉克《童年末日》(Childhood's End)、詹姆斯·提普奇《唯一的可行之道》(The Only Neat Thing To Do)、布拉德伯里《火星纪事》(The Martian Chronicles)都不见了！海因莱因的《走入盛夏之门》(The Door into Summer)也是我的爱书啊！"

管他海因莱因还是布拉德伯里，只要去书店或图书馆不是很容易就能找到吗？

小南战战兢兢地回答。

"是、是啊，天野同学。《走入盛夏之门》确实是本名著呢，我也看了好多遍。很少看得到这么精彩的快乐结局呢。

"可是，那个……文艺社除去三位幽灵社员，就只剩你和我两个人了吧？目前看起来好像也不会有新社员加入……

"难得你愿意入社，还没让你参与到什么有趣的活动就变成这种情况，我真的觉得很抱歉。不过，我明年就要联考了，也差不多该退社。"

"怎么这样说嘛，社长……"

远子眼眶湿润，像只弃猫一样露出哀伤的表情。

小南"呃"了一声，变得更加不知所措。

“对对对对不起！所以，我是说，不管怎样，那些书迟早都要收进图书馆的地下图书室，所以这样也好啦……”

“我明白了。”

远子消沉地垂下头。小南才刚露出放心的表情，她又突然抬起头来。

“那就让我代替忙着准备考试的学长来保护文艺社吧！我一定要把书找出来，还要招揽新社员，让文艺社不用迁出，所以社长就放心看着吧！”

“咦？等、等一下……天野同学！”

远子朝着慌张的小南挺起她的扁平胸，笑得非常灿烂可爱，让人都要看得入迷了。

“没问题！这个事件就交给我这‘文学少女’来解决吧！”

◇　◇　◇

“所以呢？你像流氓一样蹲在校园一角，究竟打算做什么？”

“少、少啰嗦，跟社团无关的人到一边去啦！”

“为什么你的脖子上还挂着望远镜？”

“既然要调查，当然得带望远镜啊。”

“真亏你买得到这么老旧的款式呢。”

“别跟我说话，会害我分心的。”

远子皱紧眉头，十分严肃地拿着望远镜观看。其实就算不透过望远镜，也能很清楚地看见赛艇社那些人一边粗鲁地发出“喔喔——”的声音，一边做伏地挺身或仰卧起坐的景象。

看来，远子还是觉得赛艇社嫌疑最大。

“像这样盯着他们，一定能得到重要的线索。”

她耐心十足地说。

如果她肯求我，靠着姬仓的情报网一下子就能查出来了嘛。远子在这方面还真是顽固。

“嘿，偷窥这些低俗的男人有什么好玩？还是说，其实你喜欢肌肉男？”

“你讲得太难听了。这不是偷窥，是调查啦。”

“与其蹲在这种地方，不如去我的画室一边喝茶一边愉快地聊天吧？”

“我才不去，你一定又会叫我当裸体模特儿。”

“哎呀，波提切利的《维纳斯的诞生》和戈雅的《玛哈》不都是裸体的图画吗？”

“如果要我全裸站在贝壳上摆姿势，我宁可咬舌自尽！还有，不要若无其事地靠过来啦！”

远子用手肘推我的时候，赛艇社那些人突然发出“呜喔喔喔喔喔喔喔喔喔喔喔喔喔”的大叫。

我转头一看，发现他们不知为何围成一圈，时而怪叫时而顿足，兴奋得不得了。

“……我听见翻书的声音。”

远子突然露出锐利的眼神说着。

“嗯？我没听到啊。”

“不会错的，我这‘文学少女’非常清楚，书本正在呼唤我。”

“等一下……”

远子站了起来，往赛艇社那些人所在的地方冲过去。

“很好，让我逮个正着了吧！快把那本书交给我！”

赛艇社的社员们都吃惊地转过头来。远子一把抢过他们正在围观的书。

但是，她一翻开书页就红透了脸。

那是最近刚刚上市，被评为“令人血脉贲张”的巨乳偶像露毛写真集。

赛艇社那群人看到写真集突然被人抢走，也都惊讶地瞠目结舌，全身僵硬。

远子凝视着翻开的内容，全身不停颤抖，然后从耳朵到脖子都变得通红，发出惨叫。

“呀啊啊啊啊啊啊啊啊啊啊啊啊啊啊啊！”

◇　◇　◇

“太低级、太下流了！那种打扮、那种姿势……真是太猥亵了！那、那个胸部也太大了，太不自然……”

远子把写真集摔在赛艇社社员脸上逃走之后，还是面红耳赤地喃喃抱怨。

“就是啊，太大的话肩膀的负担会很重，而且我也比较喜欢平胸，所以你不用在意啦。”

远子猛然回头。

“你干吗跟过来啊？而、而且，我、我才不在意胸部的事呢！我已经计划好要循序渐进地调养，在毕业的时候就会长得跟橘子差不多大啦！”

“哎呀，那真是遗憾呢。”

我微微一笑，远子则气鼓鼓地转过头去。

“接下来要去哪儿呢？”

“我要去向周六有活动的社团打听打听，你可以回去了。”

远子好像比外表看来的更有韧性，她已经从巨乳偶像写真集带来的冲击里重新爬起，开始前去打听了。

“请问你们在周六时有看见谁拿着很多书吗？”

“不知道耶，没印象。”

“好像没看见。”

“如果周六有什么奇怪的事，也请告诉我。”

“唔……我们的社团在一楼，所以三楼的事情我也不太清楚。啊，不过……”

“怎么了吗？”

“我们班的女生说在周日撞鬼了。”

“撞、撞鬼！”

远子的脸都僵住了。

隔天午休时间，她去找那位女同学问话。

“说是撞见，其实只是听到奇怪的声音啦。”

听说那位女同学因为要拿忘记的东西所以去了学校。她从三楼走下二楼时，在楼梯上听到头顶的地板传来摩擦声。

“大概就像‘嘎……嘎……’这种感觉，是很低沉的声音。

我觉得奇怪，所以更仔细去听，就听到‘黑……好黑……好黑……喂，很黑吧……很冷吧’‘再一下……只要再一下……’，然后还有‘没办法去到夏天’，大概是这样吧？我觉得很害怕，就冲下楼梯了。”

远子听她说这些话时一直是全身僵硬，脸色也像死人一样难看。

“这……这世上才没有鬼呢！”

◇　◇　◇

“我说真的！才不会有鬼这种不科学的东西咧！这绝对是不变的真理！我一点儿都不相信有鬼！”

放学后，远子一边走下通往地下图书室的螺旋楼梯，一边不停这样坚称。

“那为什么你的手上紧紧握着盐罐？是做什么用的？”

当我这么一问，她就以非常高亢的声音回答。

“因因因因因因因为第六堂课是家政课，所以我才特地带着。”

“带着盐巴？”

“就、就是啊！因为等一下一定要拿回去放，我怕自己忘记，所以干脆一直拿在手上。”

她之前老是以冷淡的态度说“跟社团无关的人快滚”，只有这次改口说“想跟来的话就就就就跟来吧”，这该说是她对我敞开心胸的证据？还是有其他理由？

打开地下室的门一看，里面又黑又冷。

旧书和尘埃的味道搔着我的鼻腔。

桌上有一盏台灯，远子拉动老旧的拉绳将它点亮。

在昏暗中出现的景象真是极品啊。这里摆了好几个高到必须抬头仰望的灰色书柜，里面全都塞满了书。不仅是如此，连地板上都堆了大量书本。

简直跟废墟一样……

“就算你们的书在这里，要找起来也很辛苦呢。先去找垃圾场不是比较好吗？”

“书刚刚不见的时候，我就立刻冲去找过啦。”

远子好像心神不宁地游移着目光，蹑手蹑脚地走到房间中央。

书到底去哪了？要搬到校外太费工夫，而且那样的旧书大概也卖不出去，想必是拿不到什么好处。

书是不是还在校内呢？

如果是图书室内，就算放再多书也不奇怪。再说那些书原本就预定要搬到图书馆，所以如果在这里找到书就万事 OK 了。

远子浑身硬直，来回望着堆在地上的书本。

有时她的肩膀会猛然一抖，有时又会哭丧着脸呆立或是回头。她不管做什么动作，都会用力握紧抓着盐罐的双手。

这举止怎么看都很不自然。

我试着低声说：“啊，你背后有个白色影子。”

她“呀”地大叫一声，跳了起来。

“天花板在滴血耶。”

“讨厌啦！”

“地板有断手在蠕动。”

“别说了啦啊啊！”

每当我说了什么，她就发出“咿”或是“呀”之类的声音，浑身颤抖。

之后还会抖着肩膀喘气，眼眶盈满泪水，哭泣似的反复说着：“这、这世上才没有鬼，绝对没有！”然后继续找那些书。

“呜呜……我才不会认输……为了文艺社、为了学长姐们、为了鸥外、为了露伴、为了托尔斯泰、为了林格伦（Astrid Lindgren）……”

“也是为了海因莱因吧。”

我若无其事地说。

“对了，‘鬼’不是那样说了吗……‘没办法去到夏天’。书本会失踪，一定是附身到《走入盛夏之门》上的海因莱因鬼魂在作祟吧。”

“才没有这种事！这是对海因莱因的冒渎啊！”

本来哭丧着脸的远子突然抬头。

“罗伯特·安森·海因莱因（Robert Anson Heinlein）是一九〇七年七月七日出生于美国的科幻作家，虽然他进入海军学校当了海军士官，却因生病而退役，后来读过大学，也参加过选举但是落选，一直不停地转职。

“他的处女作是在一九三九年发表的《生命线》（Life-Line），据说这是只花四天就写好的作品。第二次世界大战时，他回去当海军，有很长一段时间没再发表作品，不过战争结束后，他就完全投入作家的生活中。《银河系公民》（Citizen of the Galaxy）、《出卖月亮的人》(The Man Who Sold the Moon)、《异乡异客》(Stranger in a Strange Land)、《严厉的月亮》(The Moon Is a Harsh Mistress)……这些全都是光看书名就让人肚子饿得咕噜叫的名作喔!”

远子畏惧的表情变得越来越容光焕发，还以热诚的口气说得滔滔不绝，让我感到十分愕然。

“我最推荐的还是《走入盛夏之门》啊!

“主角丹尼尔虽然有时挺迷糊的，但他是一位很有才华的机械工程师。受到合伙经营公司的伙伴和未婚妻背叛，从三十年的人工冬眠中醒来的他，为了抢回被夺走的东西，又搭上时光机回到过去。

“那侃侃而谈的轻松笔调，就像用叉子卷起搭配夏季蔬菜的冷意大利面的感觉喔！会一口一口清爽地滑落喉咙，让人翻页翻到停不下来呢！盛在上面的炸茄子、夏南瓜、西红柿等鲜艳闪亮的色彩也带有青春的气息，真是太棒了!

“另外，每次揭开一个安排巧妙的伏笔，就有柠檬的清香和罗勒的微苦在口中扩散，可以使夏天的暑气一消而空，让人感觉神清气爽!

“而且最棒的就是那股余韵，是会想让学弟妹、再下一届的学弟妹读读看，前景充满光明和希望的名著喔！没错，为了即将加入文艺社的可爱学弟妹，我一定要努力把书找回来!”

远子的眼睛闪亮异常，兴奋莫名地说着，所以我忍不住泼冷水地说:“真佩服你能这么投入呢，只不过是学校的社团活动嘛。”

远子干脆地断言:“社团活动是很重要的，可以让校园生活过得更愉快喔。”

“学校根本不是个有趣的地方吧。”

“没这回事。只要努力寻找，一定可以找到很多快乐的事喔。”

虽然我脸上带着微笑，心底却觉得越来越冷，喉咙也变得干渴。

“你简直就像《走入盛夏之门》里面的那只猫呢。

“因为讨厌冬天，所以到了冬天就会相信有个通往夏天的门，要主角开门让它看。打开一扇，又开一扇，然后再开下一扇，一一看过十二扇门外面的景象后，发现外面全都是冬天，就会继续躲在屋子里。

“就这样，它每到冬天就要做一次同样的事。

“但是，不管开了再多的门，如果不走出去，从门里往外看的景象就不会改变。”

远子正色说道：“只要季节变了，景色也会改变的。”

“是啊。所以在那之前就只能闷在安全的室内，过着无聊又没意义的日子。

“同样的，学校不也是这样的地方吗？

“现在就算想出去也出不去，只能打开一扇扇的门眺望未来。而未来也盖着灰暗的雪，完全看不清楚。

“大家穿着一样的衣服，遵守一样的规定，关在一间间教室里，你不觉得这跟囚犯没两样吗？”

布满荆棘的感情在我的体内逐渐膨胀。

《走入盛夏之门》的主角搭乘时光机回到过去，得到了一切。是标准的快乐结局。

但是，通往如愿世界的门却不存在于现实世界。

十五岁的我是无法逃离“现在”的。

这让我懊恼得心焦如焚——既然无能为力又何必说这些废话？我为此后悔得几乎无法呼吸，所以漠然地说：“我该去参加社团活动了……虽然不是愉快的社团，但也没办法。”

这时远子脸上是怎样的表情呢？

我已经转身走出图书室，所以也不得而知了。

◇　◇　◇

无聊的社团活动结束后，我走出音乐厅，看见天空掩上淡淡的昏暗。太阳乍沉的世界显得妖异又透明，并飘着一股晦暗的气氛，冷风拂过我的后颈。

我或许还是别太接近天野远子比较好。

她那少女专属的直率和坚持是很可爱，不过就另一个角度来看，那清澈到不可思议的眼睛和天真无邪的发言，又会碰触我心中不愿让人碰触的部分。

这只天真的小猫并不了解，世上有着无可奈何的事情。

我心情沉重地走向来接我的司机等着的停车场。

这时传来了水泥块碎裂般的刺耳声音。

嗯？那是什么？

我停下脚步，凝神望着透明的黑暗。

喀啦喀啦的声音越来越近。

最后，银色的影子就像游丝一样浮现在黑暗中，然后清晰地现出形体。

有一台载着盆栽的推车往这边靠近。

我全身都冒出了鸡皮疙瘩。

推车后面冉冉浮现一颗表情空虚、脸色发青的头！

不过那只是因为黑色的制服融入黑暗中，所以看不清楚，其实是个普通的男学生。

我呼出一口气，然后又睁大眼睛。

不对……那是我认识的人。

对方好像也看见我，所以停了下来。

"……姬仓同学。"

文艺社社长小南友以惨淡的表情看着我。

那冰冷黯淡的眼神让我的皮肤再次发痒。我强装平静问："都这种时间了，你在这里做什么？"

"……老师请我帮忙搬盆栽……"

"你也担任园艺委员吗？"

"不是……我本来就常常被叫去跑腿，也没理由拒绝……"

他像只怯懦的小动物一样缩着身体回答。

"是吗？真是辛苦你了。"

"……姬仓同学，你今天也陪天野同学去找书了吗？"

他有点踌躇地问着，我忽觉胸中冷了下来。

"是啊，不过我中途就去自己的社团了。"

"这样啊……"

小南垂下头。

“天野同学一直没有回社团活动室……所以我想，她是不是还在独自搜索……”

他看着自己的脚边，以沙哑的声音说着。

“……我对天野同学做了坏事……因为我……”

话讲到一半就停了，他痛苦地呼出的气息轻轻溶进黑暗中。

“对不起……我要走了。我还得回家准备晚餐。”

小南消沉地说完就离开了。

我伫立在原地，用荆棘般尖锐的眼神盯着他弯腰驼背带着“喀啦喀啦”声音离去的模样。

◇　◇　◇

隔天放学后，我在画室里收到关于小南友的调查报告。

写在里面的小南家情况，都是很稀松平常的事情。

但是，我的胸中郁闷得有如渐渐堆起黑泥。

仿佛看见落入网中、啪啪张口缓慢死去的鱼，令人感到心情凝重。

真是无奈。

小孩不能选择生下自己的双亲。只要还是个孩子，就只能顺着父母行动……

找不到出路的焦躁在我的体内蠢动。

就算一再打开门，外面依然不是夏天，只有无尽的严冬。

即使想要踏入风雪之中，力量却又不够。

那是有勇无谋的行为，只会白白送命。

所以，就算身体被无穷的渴望灼烧，还是只能乖乖待在家里等着季节转变。这就是孩子。

无可奈何。

无可奈何。

我都知道，但我还是懊恼不已。

虽然难以接受，却又只能勉强自己接受，这让我忍不住感到焦躁，心中满是尖刺。

一切都无聊透顶。

一切都无法拓展。

根本没有通往如愿场所的魔法之门！

我觉得宽敞明亮的画室就像座监狱，监视着我受尽煎熬的模样，因此按捺不住走了出去。

太阳还要再一下子才会下山。

我漫无目的朝着夕阳照耀的校舍走去，一边想着，远子那无用的搜索究竟会持续到何时。

她的行为实在没有意义。

一点用处都没有，坚持越久只会受到越多伤害。

为什么犯人要把书搬出活动室呢……

“姬仓同学！”

突然有个朝气蓬勃的声音窜进耳里，害我吓得心脏差点停止。

在纯白透明的光芒中，远子气喘吁吁地跑过来，那猫尾巴似的长长麻花辫随着她的动作弹跳着。

远子的眼睛闪亮，嘴边浮出生机盎然的笑意。

“我正在找你呢。嘿，你看看这个吧，姬仓同学。”

她喘着气拿给我看的，是一张从笔记本上撕下来的纸。

上面以端正的笔迹写了诗句般的文字。

“居民是秋天的人们。

地下室、地窖、煤仓、书柜、阁楼。

被阳光遗弃的厨房。

空洞的脚步声。

夜晚于此长驻。

我们就在那里。”

我看看远子，她小巧的脸上满是喜色。

我皱着眉头问道：“这是什么？”

远子很开心地回答：“这是书本写给我的信喔。”

“书本？”

我的脸色越来越难看，远子还是毫不迟疑地说：

“是啊！我走进社团活动室，看到这封信放在桌上。我一看就立刻明白了，这是消失的那些书要传达给我的讯息。”

“你是不是接收到什么奇怪的电波啊？”

说什么书本寄信给她？编故事也得适可而止啊，这已经超过可爱或是天真的程度了，根本是个妄想症病患。

远子却点头回答:“是啊，我如实接收到隐含在这些文字中的心情了。”

“我倒是一点都看不出来，这张纸上写的东西到底有什么涵义吗?”

在黄昏将临的白色光辉中，远子如花般笑了。她的眼中浮现聪慧的神色。

“你读过布拉德伯里的作品吗?”

“他跟海因莱因一样是科幻作家对吧?《火星纪事》和《闇夜嘉年华》(Something Wicked This Way Comes)这些我是听过啦。”

“布拉德伯里有一本名为《十月是黄昏国度》的短篇集，原文是《The October Country》，直接翻译就是‘十月国度’。这并不是篇章名，而是整个短篇集的标题。这本书的开头写着一首诗。”

她以轻柔的语调背诵起那首诗。

“……无论何年，接近尾端时山川都会弥漫雾气。白天快步离去，微光原地踏步，唯有夜晚久久凝坐。”

“围绕着地下室、地窖、煤仓、书柜、阁楼的国度。就连厨房也被阳光遗弃。”

“居民是秋天的人们。怀着秋天的情绪，每夜传出阵雨般的空洞脚步声……”

真是悲伤的内容。

但是远子朗读的声音听起来很温暖，就像幼时看过的童话一样温柔地响起。

远子露出闪烁的眼神说：“如何?‘黄昏时分’是现实和非现实在透明的光芒中相遇的魔法时刻喔，没有比这个更适合拿来当开头的诗了。还有，写在信上的讯息引用了《十月是黄昏国度》很多地方呢！这句‘我们就在那里’是指书本在十月的黄昏国度等着我喔。”

现在刚好是黄昏，远子仰望着校舍。

“黄昏国度、夕暮国度……夕阳照耀的国度。可以看见夕阳西沉的国度，那就是校舍的西侧。”

我也跟着抬头仰望。

校舍耸然伫立。

朝向西侧的窗户。

倾注而下的阳光刺痛我的眼睛。

在我眯细的眼前，映着金光的布看起来就像巨大的羽翼一样飘扬。

“你看！就是那里！”

远子用手指着。

窗户敞开，窗帘随风高高飞起。

“我们走吧！”

柔软的小手握住了我的手。

她甩着麻花辫，像只淘气的小猫跑向校舍。

我也被她拉着一起跑去。

从社团活动室搬走书本的人是谁，我早已经知道了。

从门内窥见的结局和未来，就像冬天那样冰冻冷冽，一点都不温和。

但是我被摇摆着猫尾巴般长辫子的远子拉着手奔跑时，却像

踏上时光机平台的主角一样，胸中火热激昂地鼓动。

心脏有如要冲出体外似的发出巨响，以激烈的速度扑通扑通地跳动。

我们跑过走廊，冲上楼梯，最后到达三楼西边最底端的房间。

远子打开了门。

小小的房间里浸满从窗口照射进来的金光。

这房间大概是用来堆置用不上的教具和资料吧。椅子和纸箱层层堆栈，到处积满灰尘。

不过，像波浪一样涌来的夕照却让这里的一切——包括飞舞的尘埃在内——像施了魔法似的变得鲜明灿烂。

地上堆着大量书本，形成一座座金色山峰。

飘扬的窗帘旁，站着一位戴眼镜的高年级学生。

就像看到等待的人终于到来而感到安心——他眯起镜片底下的眼睛，露出淡淡的微笑。

“太好了……你终于发现了。”

远子也微笑了。

“因为我得到很多提示啊。这首诗太容易破解啦，社长。布拉德伯里可是文艺社的必读书单呢。”

远子拿出那张纸，小南看见又微笑了。

不过，他很快换成一副黯淡的表情。

“对不起，从社团活动室偷偷把书搬出去的人是我。我是在周六和周日用推车搬出去的。因为这个房间没人使用，也很少有人来……我趁着帮老师跑腿搬东西来的时候打了备份钥匙……”

远子以忧虑的眼神看着小南。

“为什么社长要做这种事呢？”

“因为我不希望这些书被收进地下图书室，那里又暗又冷，而且好寂寞……简直像要把这些书活埋了似的……”

小南的声音细微又无力。

“我下个月就要转学到熊本……因为父亲工作上的事情，所以我也无可奈何……其实我真的很想继续留在文艺社……”

调查报告的内容伴随着痛苦浮上我的心头。

小南的父亲经营一家小印刷工厂。

工厂受到不景气的冲击而倒闭，留下来的只有大笔债务。

认真又勤奋的父亲因此把自己关在阴暗的房里，半夜在面包工厂工作赚取微薄生活费的母亲，又因为身体不适而住院。

在这走投无路的情况下，小南一家人决定搬到母亲娘家所在的熊本。

以小南家现在的经济状况来看，他就算想进入当地的大学就读都不太容易。

年近五十的父亲看来已经很难再找到工作了，母亲的健康状态也还没完全恢复。

小南有一个在读小学的弟弟，他还得代替父母照顾弟弟。

他之所以不愿意让书本被收进地下图书室，或许是因为想到把自己封闭在黑暗房间里的父亲，还有笼罩在自己身上的阴暗现实吧。

或许就是因为这样，他才会悄悄把书本藏到这间充满夕阳柔和光辉的房间里。

没办法去到夏天。

那么，至少去十月的秋天国度吧。

或许他是这样想的。

昨天小南在黑暗中推着推车出现时，看起来疲惫不堪、神色哀凄。

“我很久以前就知道自己必须转学……不管怎样都没办法继续参与社团活动。”

小南低着头，硬挤出声音说。

“真的很抱歉，天野同学。都是我让你白费一番工夫。”

我完全不想知道别人的心情。

会受伤的人都太脆弱了。自己的心只能靠自己保护。

我感到心情沉重。

远子这几天的调查完全是徒劳无功。

听到小南的自白，远子会有什么反应呢？

她会生气吗？还是会难过呢？

这时，猫尾巴般的乌溜溜麻花辫在我眼前摇晃起来。

远子走向小南，轻轻握住屏息的他的双手，脸上露出清纯花朵般的微笑。

“这不是白费工夫喔。”

她睿智而清澈的眼神直视小南的眼睛，然后以明朗的声音对惊慌的他说：“因为，我已经彻底了解学长是多么喜爱书本啊！这绝对不是白费工夫喔！”

小南的眼睛惊讶地睁得更大了，脸颊也转而泛红。

“学长这么小心翼翼保护的书本，我也会郑重其事地保管下去！而且，以后每次读起布拉德伯里、詹姆斯·提普奇、海因莱因的书，我就会想起学长。”

诚挚的眼神，满是信赖的口气。

仿佛云缝射出几道金光一样，小南的表情也渐渐亮了起来。

“所以啊，学长以后翻起《十月是黄昏国度》和《走入盛夏之门》的时候，也要想起学长保护过的这些书，还有文艺社的事喔。”

小南眼中含泪，哭着笑了。

“我只拿了《走入盛夏之门》留做纪念，不过还是拿回来还好了。”

“没关系啦，我这位文艺社的新社长格外批准，请学长当做饯行礼物带走吧。学长从这么多的书之中挑了这一本，可见学长的未来一定也会有通往夏天的门！”

这只不过是不知实情的旁观者乐观过头的发言，小南的身边想必还是会被延续不断的冬天景色所包围吧。

但是他听到远子这番话，却露出非常灿烂的笑容，让我受到极大的震撼。

远子对小南的未来赠与了祝福，为他今后的道路点亮了希望之光。

虽然渺小，却是温柔动人的光芒。

“谢谢你，天野同学，文艺社有你真是太好了。”

◇　◇　◇

隔天，远子对赛艇社的人深深鞠躬道歉。

“怀疑你们真的很抱歉，都是我不好。我也会立刻搬出社团活动室。”

“不、不会啦！那个，误会解开就好啦！”

“呃，这个！我们对文艺社也没有恶意啦！如果有我们帮得上忙的地方，就尽管说吧！”

这群人之前的态度一直很蛮横，现在却都变得扭扭捏捏，一副手足无措的模样。

远子听了立即抬起头，脸上散发出光彩。

“真的吗？谢谢你们！那就请帮我们搬家吧！”

赛艇社的人完全被精打细算的文学少女牵着鼻子走。在他们的协助之下，东西一下子就搬完了。

文艺社的桌子、书柜被搬进三楼西侧的数据室，原本堆积在那里的东西，也全部搬到改为赛艇社活动室的原文艺社活动室中。

“我们的活动室宽敞多了，所以你不用在意啦。”

“是啊是啊，这里本来就没放什么大东西。”

“谢谢！赛艇社的人真是可靠呢！”

“不会啦，你过奖了，哇哈哈哈……”

真是的，男人就是这个德行……他们得到典雅辫子美少女的致谢，一副很幸福的样子。

然后，远子也笑着站在新的社团活动室里。

“要把这里当做文艺社的活动室了，新的文艺社就要起步啰。”

“还得向学生会申请事后批准吧？”

“是啊，我会努力去沟通的，也要招到新社员才行。”

远子洒脱说话的模样真的好积极。

“对了，姬仓同学，你之前说过‘就算开了门，如果不走出去景象就不会改变’还有‘在冬天结束之前只能闷在安全的室内，过着无聊又没意义的日子’对吧？

“可是啊，我觉得从门里看着外面的景色，一边想象各种可能性，也是很有趣的。那绝对不是没意义的日子喔。”

现在是黄昏时分。

窗口流入像蜂蜜一样甜美的金光，温柔地裹着远子微笑的脸庞、头发和脖子。

我以苦闷的心情注视，几乎无法呼吸。

远子流露温暖的目光继续说下去。

她说没有一件事是无意义的。

还有，我们现在过着的，安全又无聊的日子是……

“是最幸福的时光喔。”

渗透到心底的甜腻声音。

清澈的眼睛。

柔软的嘴唇。

一切都令人感到头晕目眩，世界仿佛在柔和的花香之中逐渐改变形状。

“好，该去学生会了。”

我对踩着轻快脚步走向门口的远子说：“不如去向更上面的人进攻吧，那边更容易下手喔。”

“更上面的人？”

“譬如新庄主任啊，他可是科莱特的忠实书迷喔。”

“科莱特？你是说写了《青麦》(Le Blé en herbe) 的那位法国女作家吗？”

我笑嘻嘻地回答：“是啊，只要提到科莱特，他立刻会心花怒放喔。试试看吧。”

远子露出吃惊的表情，不过还是说着“我明白了，我会去跟主任说说看”，然后走出房间。

科莱特其实是一位在新宿酒吧工作的外国留学生。主任正在包养这位跟他差了将近三十岁的女性，甚至还帮她付公寓的房租。

当然，他的家人和同事都不知道这件事。

主任听到情妇的名字，一定会慌了手脚吧。我想象着他的反应，忍不住在充满夕阳光辉的房间里独自窃笑。

◇ ◇ ◇

隔天的午休时间，远子主动跑来画室找我。

“主任答应把那个房间给文艺社当活动室了！而且还说人数不足也能让社团继续营运下去喔！科莱特的话题真的很有效耶！主任听得都快感动落泪了，虽然他好像很忙，很快就打断我的话题，不过当我走出办公室时，他还是很惋惜地一直盯着我呢。”

我若无其事地回答：“是吗？那真是太好了，以后还有什么问题都可以再来找我商量喔。”

“谢谢，我之前好像误会你了。以后我不叫你姬仓同学，要改口叫你麻贵。我们一定能成为好朋友的！”

远子眉开眼笑地看着我说。

如果她听见我回答“是啊，我们当好朋友吧”，小小的脸上一定会漾开耀眼的笑容。

那真是非常甜蜜、令人兴奋的想象。

不过，我的欲望还更深远。

这种程度是满足不了我的，我想要的不是那种普通的友好关系。

虽然远子的笑容极有魅力，不过我更想看看只有我引发得出来的其他表情。

所以我没听远子说完就拉住她的手，抱紧她纤细的身体，把嘴唇贴上她的胸口。

“！”

远子吓得全身僵硬。

我一边透过制服感受着她的体温一边轻轻吸气，顿时闻到一阵花香，还感觉到她的颤抖。

我歪着头，促狭地望着她。

结果她睁大眼睛，嘴巴一张一合地说不出话。

“你、你你你你……你……”

我维持原来的姿势，缓缓扬起嘴角。

“我施了魔法喔，让你的胸部再也长不大。”

远子的表情开始痉挛，像是说着“哪有这种事”。

“好好记住吧，我不会平白无故地提供情报。这就是这次提供情报的‘酬劳’。”

我戳戳远子的平胸，她急忙退开，连脖子都红透了。

“你果然是个变态！下流！再也不要接近我了！”

她柳眉倒竖、杏眼圆睁、鼓着脸颊的表情实在可爱得不得了，我感到相当兴奋，同时对她眨着一只眼睛。

“托你的福，我好像可以度过愉快的校园生活了。啊，裸体模特儿的事也有劳你啰。”

这句话激发出远子更强的厌恶和反弹，她大叫：“我死都不会脱啦！”

画室不再像从前那么令人郁闷了。

我现在是十五岁。虽然目前只能停留在这里，但这一定有其必要性。

没错，文学少女是这样说的。

她说现在是最幸福的时光。

既然如此就别轻易放过，尽情地去品味吧。

不久的将来，我会要她当模特儿在这里让我画。

我以愉快的心情目送这只小猫鼓着脸颊、甩着辫子离去。

那扇门总有一天会通往夏天。

◇　◇　◇

现在画室里挂着远子的肖像画。

毕业之后，我偶尔还是会来访此处，一边怀念她一边画图。

那三年的确是最幸福的时光——同时也是蛰伏的时光。

现在的我已经可以自由前往任何地方，也可以在任何我喜欢的地方画图。但是，我还是眷恋此处，动不动就会回来看看。

虽然那位文学少女已经不在了……

我认为她的决定实在太笨拙。她对恋爱的观念太传统了，我都觉得看不过去。

但是，她一定是为了自己最重要的事物而做出这个决定吧。

直到最后，她还是挂着明艳的微笑。

我觉得这的确很有她的风格。

在画室窗户流泻而入的金黄夕阳余晖之中，我一边轻拍孩子，一边思念着已经离去的文学少女。

嘿，远子，我已经来到夏天的国度啰。

文学少女和出轨的预言家

像莎乐美那样的女人真不错耶。

乍看是个纯洁无瑕的少女，却那么豪放热情。有感情上的洁癖又很果断，爱情像烈火一般充满野心。如果得不到喜欢的人，宁可切下对方的头也要将他据为己有，还会紧抱着头颅亲吻。

——我是这样地爱你啊！现在也一样爱你，约翰，我只爱你一个！

升上小学之前的某个春天午后，在舒爽阳光中，我跟有如姐姐一般的辫子少女一起屏息翻着书。

那本图画书应该不是给小孩看的吧？图中画了妖艳少女亲吻着放在盾牌上的男人首级，让我震惊得心脏都缩紧了。

在急速降温的房间里，比我大两岁的童年玩伴紧紧握着我的手，害怕得全身发抖。

"……这个故事吃起来的味道一定像石榴一样吧……跟血一样黏稠，又酸溜溜的……爱情真是……恐怖的东西啊。"

她明明只是个不懂爱情是何物的七岁孩子，却用老气横秋的口气说着，还露出哭泣般的表情。

我用力握紧她的手，麻痹发烫的脑袋同时思考着。

爱情真是甜蜜的东西啊。

我也想要像约翰一样被人如此深爱。

想要被切下头颅而亲吻。

想要被人强烈地爱着。

啊啊，如果可以成真的话，我死也甘愿。

◇　◇　◇

“流要跟我去看电影！”

“你胡说什么！他要跟我去听演唱会啦！”

“什么？你不是跟人家约好周六要一起出去吗？阿流！”

秋天的日暮时分。

太阳已经下山，在天色转暗的住宅区道路上，三个女孩包围了我。

各别穿着不同制服的少女们都是一副“敢不选我就试试看”的模样，横眉竖目地瞪着我。

这种刺痛肌肤的紧张感真棒啊。

被人用这么紧迫盯人的凶狠目光望着，我总会兴奋得背脊发痒，难以自持。

嫉妒可以引发独占欲。

所以你们就为我吵得更凶吧，释放出所有感情，击溃其他对手，直接把那份激情发泄在我身上吧。

如果哪个女孩想着“与其把你让给其他女人，宁可亲手杀掉你”，并把刀子刺进我的胸口，那就更完美了。

“喂，流！你干吗笑得那么高兴啊？”

“就是嘛，说清楚啊，流！你到底要跟谁交往啊？”

“一定是人家吧？阿流！”

跟女孩玩耍是很愉快。

但是被女孩逼问更愉快。我不禁情绪高涨，露出笑容。

因为当她们愤恨地看着我的时候，她们的眼中只会映出我一人的身影。

“那就四人一起出去吧。不过到时可能会再多个两三人啦，应该没关系吧？”

“什么……”

三个女孩都瞪大眼睛说不出话。

我神情自若地笑着。

来吧，接下来你们会有什么反应呢？

在我兴奋莫名等待着的时候……

“当然有关系啊！”

背后传来一股杀气，接着有个板状物体敲上我的后脑。

“你也给我收敛一点啦！流人！”

啪的一声，敲得我眼冒金星。

挥着书包、跨开双脚站在我后面的，是身材纤细、辫子长达腰间的“文学少女”。

平时的她是个温柔婉约的美少女，但是那张被路灯照亮的小巧脸庞此时却浮现怒色，像是恶鬼一样，我仿佛看见她头上长出角来了。

“哇！远子姐！”

我愕然叫道，她细细的手指揪着我的耳朵用力扯。

“真是的！为什么你跟《好色一代男》的世之介一样花心啊？难道你跟世之介一样正在修炼色道吗？你也想搭着好色号去女人岛吗？”

“啊，那还真不错……哇！好痛！好痛！远子姐，我的耳朵要被你扯掉啦！”

“你给我回家读一读罗曼·罗兰的《约翰·克利斯朵夫》，学学真诚的生活态度吧！”

“呃，那套有够长的耶，总共有厚厚的四大本……痛痛痛，痛死啦！”

远子姐不由分说地把我拉走。

“等、等一下！你要带流去哪啊？你是流的什么人？”

“就是啊，突然这么跑过来，也太不客气了吧！”

远子姐听见女孩们的抱怨，就挺起扁平的胸膛说：“我是流人的姐姐，如你们所见是个‘文学少女’喔。如果你们想跟这小子认真交往，就把你们的热烈心情写满五十张稿纸交给我，到时再来谈吧。”

啊啊，所有人都呆住了。

我就这样被远子姐一路拖回家。

“真是拿你没辙耶，一下子没盯着，你就跟女孩子闹成这样。你从幼儿园到现在真是一点都没有长进。”

“远子姐才是咧，老是在紧要关头跑来搅局。”

——不可以欺负小流！

小时候只要我被女孩们围住，远子姐就会满脸通红地冲过来。

她似乎误会我被人欺负，直到现在都还会像在卖人情一样对我说：“你小时候老是被欺负，都是我在保护你呢。”

实际情况当然不是这么一回事。

我只记得，女孩们一左一右拉着我的手大叫“小流要跟我玩啦”的时候，她突然喊着“快放开小流”并把我撞开，结果我一头撞上爬格子游乐设施，才演变成流血悲剧。

这位大我两岁，爱管闲事又很冒失的青梅竹马现在正寄宿在我家，而且跟小时候一模一样，老是赶走我身边的女孩，还经常教训我。

我都已经长得比她高，手臂也比她更粗壮有力了……

一想到这里，我的心就有点疼。

这是因为不愿被当做小孩所以心生反抗？还是因为往日情景已经不在而引发感伤？或者是两者兼具？我也搞不太懂。

远子姐气嘟嘟地唠叨抱怨，没换下制服就直接跪坐在客厅的电视机前，按着录像机。

她大概打算录新闻节目的美食单元吧，那是远子姐很喜欢的节目。不过她是个连微波炉都不会用的机械白痴，所以一手拿着遥控器，陷入了苦战。

平时的她应该会说“这是姐姐的命令”然后叫我去做，不过她正在教训我，所以大概不想对我示弱吧。

她顽固地背对着我，口中念念有词说着：“呃，是这个按钮吧……呜呜，还是这个呢？啊，啊！要开始啦！”

那副模样真是有够认真的。

我伸手从远子姐的手上拿走遥控器，迅速地设定好预约录像。远子姐见状，吃惊地抬头看着我。

她把嘴抿成“一”字形，看来心情五味杂陈，不过等我设定完毕，把遥控器还给她的时候，她就脸颊微红，绽放出花朵般的笑容。

“谢谢你，流人。”

——谢谢你，小流！

这表情突然跟小时候的远子姐重叠了，令我忽觉心头一紧。

啊啊，她这点也是一直都没变呢。不管再怎么生气、再怎么难过，只要我主动伸出手，她就会紧紧握住，开心地对我笑。

所以，我想我一辈子都敌不过远子姐。

美食单元开始播了，远子姐抱着膝，愉快地看着。

她专心地看着播报员描述星鳗天妇罗的滋味，一边还开心地自言自语：“又薄又酥脆的面衣和在嘴里散开的热乎乎星鳗——这吃起来一定跟十返舍一九《东海道徒步旅行记》的味道一样吧。弥次和喜多两人的相处情况滑稽又有趣，就像是在大晴天享用的庶民美味啊！”

远子姐是靠吃书维生的。

虽然听起来很像说谎，不过这是千真万确的事。

从我懂事以来，她就经常在我身边撕碎《姆咪》(Mumin)、《小洛塔搬家》(Lotta Leaves Home)，吃得啧啧作响。

她还会口齿不清地说着：“好好吃喔！小洛塔就像牛奶饼

干啊。饼干在嘴里滚来滚去，幸福甜蜜的味道在舌头上渐渐扩散了！”

因为远子姐吃得一副津津有味的样子，所以我有一次也模仿她吃了书。但我吃了听说有肉桂甜甜圈味道的《埃米儿与侦探》（Emil und die Detektive）后，却只尝得到纸张的味道，所以非常失望。

同样的，我们平时吃的面包或肉类，对远子姐来说似乎没有任何味道。

这件事当然要对旁人保密。

知道的人只有我、我的母亲，还有远子姐的作家……

我在远子姐身边坐下，像是说悄悄话般地问她：“对了，心叶学长后来怎么了？”

“怎么突然问这个啊？”

“只是想问问有没有什么进展啦。”

“嗯嗯，现在每天放学以后，大家都会一起排演文化祭的话剧喔。”

我又不是问这个，我期待的是更煽情的事情啊……不过远子姐还是兴致勃勃地说他们要演出武者小路实笃的《友情》。

“心叶写了剧本喔。本来我是希望心叶可以饰演主角野岛啦，可是他说这样很丢脸，所以死都不答应……”

只要一提到井上心叶这个文艺社学弟，远子姐的表情就会变得腼腆而温柔。好像在谈论什么珍贵而易碎的东西一样，一字一句、小心翼翼地轻声诉说。

譬如说，心叶今天为她写了怎样的故事；譬如说，心叶说了什么话。

她每天都会提到心叶学长的名字好几次，每次提到都会透出浓情蜜意。

“我好想看看心叶扮演的野岛啊。饰演大宫的芥川是心叶的同班同学，他是一个非常正经的好孩子喔，一定能跟心叶成为好朋友吧。

“杉子是小七濑饰演的。小七濑今天还带来自己烤的饼干喔。虽然她说请大家吃，其实是想给心叶吃的呢。为了心爱的人烤饼干的女孩，真是太可爱了。”

“远子姐也可以做啊。”

“呃，我不行啦！”

远子姐眼睛睁大，慌张地挥手。

“再说，我在文化祭结束之后就……”

她说到一半就垂下睫毛，沉默不语。可是才一下子，她又抬起头来，鼓着脸颊装出一副姐姐的模样说：“别管我的事啦，流人自己才该注意呢，都已经是高中生了，可别再成天说着‘像莎乐美那样的女人真好’之类的话喔。如果你被切掉脑袋的话，我就不能再找你帮忙录电视节目还有换灯管了吧？”

话题就这么被她转开了。

远子姐一定是打算文化祭结束之后就要离开心叶学长吧。

为了让心叶学长不会变成孤单一人，她还帮忙聚集了可以成为他助力的人，帮他储备再次提笔写作的力量……

她打算不让心叶学长注意到，悄悄地、自然地抹去天野远子这个人的存在。

因为她觉得这样对心叶学长比较好，而且她觉得自己一开始就是怀着不纯的动机接近他，所以没有资格一直跟他在一起。

这样真的好吗?

不，当然不行啊!

类似愤怒的情绪从我的心底赫然涌起。

远子姐究竟是抱着多大的决心，才在心叶学长的面前吃书给他看啊！能让远子姐迷恋成这样的作家，而且还能接受她那种秘密，这样的对象绝对不是随随便便就能找到的。

远子姐的作家除了心叶学长以外别无他人了。

从小到大，远子姐一直都在插手我的恋爱，所以这次就换我来撮合远子姐和心叶学长吧!

◇　◇　◇

“所以呢？叫我帮忙是什么意思?”

姬仓家的公主殿下对我投来疑惑的视线。

圣条学园里面的音乐厅最顶楼，是专属于公主殿下的画室，我们多半会在校舍掩上暮色的时候在这里见面。

“真令人不愉快呢，才刚结束就对我说这种事。”

“如果想要热烈的吻或是枕边细语，我也是很乐意服务的。”

“我才不要，那些东西从你嘴里出来就变得廉价了。你用来哄其他女人的甜言蜜语太轻薄了，比糖果纸还要薄。”

她迅速整理好发皱的制服，用手梳好呈现大波浪弧度的头发，迭着腿坐在椅子上，摊开素描本。

然后，她对几乎全裸跨坐在椅子上的我下令“不要动”，接着开始埋首打起草稿。什么嘛，她自己才冷漠吧，对一分钟之前还抱在一起的人竟然没有半点柔情。

一直都是这种情况。每次见面时，她都会激烈到近乎贪婪地吻我，像是想要剥夺一切地向我索求，但是一旦完事就对我置之不理。

她到底是抱着什么心思跟我交往呢？我现在还是搞不懂。夏天夜晚在池中相拥时，是麻贵先开始的。不管再怎么说，她应该不会对讨厌的人做出这种事吧？

另一方面，我也感觉麻贵的恋爱观和我追求的恋爱观，在根本的部分已有很大的差异。

我把恋爱视为一切。

我真心期待被喜欢的女人杀死，希望有人能爱我、需要我到那种程度。想要被一个女人紧紧地束缚着。

但是，麻贵大概不会为了什么目的杀人，也不会为了爱情杀人。她讨厌束缚别人，也讨厌被人束缚。

我没有把我跟麻贵之间的事告诉远子姐。

因为她一定会很生气，而且麻贵始终没说，所以我也绝口不提。

如果麻贵对远子姐说了，我也会坦诚的，不过麻贵似乎没有那种打算。

我觉得她并不是害羞，只是看准这段关系迟早都会结束，所以才想避免制造麻烦，这让我觉得很不舒服。

我会来拜托麻贵帮忙远子姐的事，或许也是想藉这机会多了解她的内心吧。

“我说啊，你在校园内被称为公主，应该很有办法吧？就当是付给我这模特儿的薪水，帮我一点小忙嘛。”

因为她叫我不要动，所以我只是转动眼珠央求她。

麻贵一边挥着打草稿用的铅笔，一边漠然回答：“不要。”

“为什么？”

“因为结果显而易见，我不想做无谓的事。”

“你是说远子姐和心叶学长之间不会有结果吗？”

“我是这样想的。”

“你是从哪判断的？我倒是觉得，跟心叶学长班上那位‘小七濑’相比，远子姐还更适合他呢。”

“是啊，心叶的精神太脆弱，依赖心又很重，有个像远子这样温柔体贴的姐姐来照顾他，的确好过跟同年的女孩交往。”

“你也知道嘛。既然如此……”

麻贵干脆地打断了我的声音。

“你还没听懂啊？我是说，他们不能一直在一起啊。”

她那种把人当笨蛋的语气真让人不爽。

“什么意思？”

“就是说只会缠着女人撒娇、完全不会成长的男人，根本没有魅力嘛。”

我越来越火大了。

“那只是你自己的喜好吧？如果当事人觉得幸福，撒撒娇又有什么关系？虽然远子姐没什么胸部，不过她的母性本能是很强的，跟某人大不相同喔。”

“是啊，因为心叶软弱得像个连路都走不稳的婴儿，所以远子想必放不下他，会忍不住宠他。但是，远子应该也发现，已经到了非放手不可的时刻，要不然心叶永远都没办法自立的。”

“远子姐可以支撑他啊。”

“是啊，拿爱情或关心这些好听的借口当挡箭牌，就这样手牵手长长久久地走下去。多么动人心弦的美丽光景啊。”

麻贵嗤笑着。

“但是，这样只会让心叶永无止境地撒娇下去，变成无用的人。两人在一起当然比较快乐，不过，有些事情如果不独自迈进是无法知道的，如果过着平稳美满的生活就绝对无法抓住。你的想法只是无意义的多管闲事，远子不会如此期望。”

她说到最后，有些忧郁地垂下目光，或许是因为想到远子姐的事吧。

“哼，远子姐的事当然是我比较清楚，因为我跟她认识的时间比你久太多了。”

“小鬼头才会说这种话呢。”

“嚣张什么啊，你也才比我大两岁吧。”

“我只是说出事实罢了。不管再怎么说，要看到远子和心叶发展成情侣关系，就像期待我跟你能热烈相爱、白头偕老一样，都是不可能的事。”

啊啊，他妈的。竟然用这种事来比喻，这个冷血公主！她一定没担心过会刺伤我吧？我看她跟我的关系八成也只是逢场作戏。

我血气上冲，站起身来。

“算了，我不求你帮忙。我就靠自己一人，在文化祭期间让远子姐和心叶学长开始交往吧。”

“喔！如果发生了那样的奇迹，你有什么吩咐我都照办。”

“你还真敢说呢，公主殿下。”

“是啊，因为你铁定会失败嘛。”

麻贵仰望着我，露出诱人的微笑。那是性感得让人几乎看呆，充满魅力的笑容。

我的斗志都被激出来了，所以我也涎着脸笑说：

“你可千万别忘了这句话喔。如果远子姐和心叶学长真的交往了，你就要像神灯精灵一样，乖乖遵从我的命令。”

“那么，如果他们没有交往的话，你也会当神灯精灵，对我唯命是从啰？”

“好啊，没问题。”

我顺势回答以后，才惊觉自己说不定落入了老谋深算的公主殿下布下的奸计，但是我已经没有退路了，而且我也不想退让。

“真期待啊，文化祭结束之后要叫你做什么呢？就让你穿上超短迷你裙和荷叶边围裙，对我说‘主人，请问您决定好餐点了吗’，而且还要拍照留念。”

“既然如此，你就准备扮成执事来服侍我用餐吧。”

赌局已定，浮在窗外的月亮就是见证。

◇　◇　◇

文化祭当天，我昂首阔步走出家门。

话剧似乎出了什么麻烦，昨晚远子姐显得有点无精打采。我去到她的房间，就看见她弓着背，屈膝坐在椅子上沉思。

“怎么啦？”

“……心叶说不上台演戏了。”

“明天就要正式演出了吧？这不是糟了吗？”

“没问题的。嗯嗯……一定没问题的，心叶会回来。”

仰头喃喃说着的远子姐，像是坚信着什么而露出微笑。

我在校门口拿了地图和节目表，边看边走向校舍。

圣条学园有很多学生，校园也很大。持续下到昨天的雨已经停了，晴朗透明的蓝天展现在眼前。参观访客也很多，摆设在操场上的摊贩纷纷热情地招徕客人。

“那位帅哥，要不要吃章鱼烧啊？”

穿着祭典外套的娇小女孩用充满活力的娇腻声音大喊。她有一头蓬松的头发，感觉像只小狗。

“好好，待会儿再来。”

我挥挥手就走了，健康活泼的女孩才不合我的胃口。

文艺社的话剧是从下午开始。远子姐的班级办的是咖喱店，她说上午都会在教室里当女服务生。

心叶学长的班上办的是漫画吃茶店，麻贵的班级……是鬼屋？

我看着节目表上的文字，突然觉得毛骨悚然。

麻贵要用那种睥睨一切的高傲态度扮演四谷怪谈的阿岩或是数盘子的阿菊吗？如果她披散头发，穿上白色丧服，一定很有魄力吧，我有点想看又不是很想看……

我有一瞬间差点忍不住要直接冲去麻贵的班级，不过还是得以实行计划为优先。

剧本很简单，就是对心叶学长说远子姐昏倒了，正在保健室休息，把他骗出教室。

另一方面也对远子姐说，心叶学长身体不舒服，而且脚步踉跄地走向文艺社。

只要让他们错开，无法见到彼此，就能把他们逼入担心惧怕的状况。这时候再用一两句话点醒他们互相喜欢的事实就更完美。

到时让他们见面，使他们意识到彼此的心情，等演完话剧就会告白了。

如果由我担任诱导的角色，一定会使事迹败露，所以我打算找认识的女孩帮忙。所幸，这一步需要用到的人选没什么限制。

要让心叶学长信服的话，还是找三年级学生比较好。如果是远子姐的同学，感觉应该更可信。

唔，要找圣条学园三年级女生的话……

我在走廊上一边走，一边陆续回想我认识的女孩，这时突然有人叫了我的名字。

“流！”

一位身穿和服、围着围裙，带有知性气质的美女手拿盛着红豆的筛子站在那边。

那是跟我交往过的女孩，而且是三年级。

条件刚好符合。

我装出因为跟她重逢而感到开心的笑容走了过去。

“好久不见，伦子！我正想要去你的班级看看呢。和服很好看喔，你是在当和服茶店的女服务生吗？”

伦子的脸颊变红了。

但那并不是因为害羞，而是愤怒所致，她接下来的动作就能证明这一点。

只见她突然抓起一把红豆对我砸过来。

“哇！”

因为事出突然，我来不及闪开。

我实在没想到，以前见面时会一脸开心说着“我跟流在一起时是最幸福的喔”并一边把头靠在我胸前撒娇的女孩，竟然会像立春前洒豆驱鬼一样拿红豆丢我。

红色的颗粒砸得我满头满脸，然后滚在走廊上。

旁边传来惨叫声，但是伦子充耳不闻，继续对我丢来第二、第三波的红豆霰弹攻击，一边大叫：“你竟然还敢若无其事地出现在我面前！你这淫乱的公海狗！”

“淫、淫乱的公海狗？”

我被这不留情面的唾骂吓得说不出话，接着红豆又和唇枪舌剑一起攻来。

“说什么喜欢我，结果还跟西高和桐铃女高的女生、庆王大的女大学生、花菱公司的粉领族，还有火车站前动物医院的女医生交往，少看不起人了！你到底脚踏几条船啊！”

“我都说了我另有正在交往的女生啊，可是每个人都回答无所谓，说自己一定能成为我的真命天女嘛。”

我在伦子不停攻击时还试着安抚她，可是她的脸却变得更红，呼吸也更急促。

“我才懒得去想象你那些‘正在交往的女生’像老鼠繁殖一样迅速增加的情况！跟你这种大玩后宫游戏的杂碎交往过那么一段时间，真是我人生中最大的污点！真是够了，你再也别跟我扯上关系！之后每次看到海豹的布偶都会害我想起你，真想抓着它的尾巴丢出去！你这海象！海狮！”

最后她高高举起筛子，眼看就要整个砸过来，我吓得立刻逃之夭夭。

我两步并做一步跑下楼梯，冲到二楼走廊上的人群里，结果肩膀不小心撞到人。

“呀！”

“啊，对不起。”

“啊啊！流！”

喔？原来是认识的人啊。

那位体型精悍、拥有中性气质的美女穿着白色运动外套，里面穿着蓝色韵律服，手上握着彩带。啊啊，她确实是新体操社的，我也曾经去看过她的比赛。

“真巧耶！明日美，你等一下有表演啊？既然如此，我非得去参观不可啰。”

我话都还没说完，她就用彩带缠住我的脖子。

“呃？”

“去死吧，流！”

“怎、怎么这么突然……是说你别再绞紧彩带了……我快要不能呼吸……”

“哼……我早就预告过下次见面时一定要宰了你，你忘了吗？是啊，毕竟你就是这种人嘛！为了全世界的女性，你现在就给我下地狱吧！”

明日美清秀的脸上暴出青筋，还不断地拉紧彩带。

虽然我由衷期待着有人爱我爱到想杀死我，但是这不太对吧？瞪着我的那双眼睛只流露出嫌恶和憎恨，一点都看不到爱情。

“呜咕……明日美，我是不排斥这种玩法啦，不过在大庭广众之下不太好吧？”

“我可不知道你的心思什么时候细腻到会在意这种事了！”

“呜呃！你至少说一句‘我爱你’嘛，这样我也会觉得比较欣慰。”

“你就痛苦地窒息而死吧！你这女性公敌！”

明日美以一副凶神恶煞的模样朝左右两边使劲绞紧彩带。

不妙，再这样下去真的会出人命啊！

感受到危险的我，在彩带即将勒紧脖子的瞬间抓住明日美的手，朝她吻了下去。

“！”

明日美吃惊地放松手上的力道，周围发出一阵哗然。

下一秒钟，明日美变得面红耳赤，盛怒地大吼“我要杀了你——”，不过这时我已经转身逃走了。

啊啊，如果那句“杀了你”是满怀爱意说出的话，我一定会开心地引颈就戮。

我再次跑下楼梯，在走廊上猛冲，绕着校园逃来逃去，好不容易才甩掉明日美。

我一手按在墙上，正在喘气的时候……

“阿、阿流……”

挂着“占卜馆”招牌的教室里，走出一位身穿印度长袍的可爱女孩。

这女孩也是我认识的人。

“呼呼……真没想到会在这里遇到你啊，琉璃。不好意思，有没有什么喝的……”

琉璃脸色发青，大叫：“不要啊啊啊啊啊啊啊啊啊！”

怎么？这次又是怎么回事？

琉璃蹲在走廊上，两手遮脸开始啜泣。

“不要不要不要！你为什么要来呢？阿流，人家已经有男朋友了啊！他跟阿流截然不同，是个温柔又正直的人，因为阿流老是出轨，人家找他商量，他就跟人家说‘不要再理那种卑鄙的男人，琉璃的身边还有我啊’。可是，你为什么现在还来找人家？为什么这样喘着气逼近人家？你想要来践踏人家的幸福吗？”

“不……我又不是专程来找你的，而且我哪有逼近……”

因为琉璃哭得太大声，人潮渐渐聚集过来。

“怎么了？情侣吵架啊？”

“啊！那个人刚刚还被别的女生勒住脖子耶。”

“咦？真差劲。”

批评我的窃窃私语之中，爆出了一个粗犷的声音。

“是谁？把琉璃弄哭的人是谁？”

凑热闹的观众之中走出一位魁梧壮硕的男人。

“军司！”

琉璃挥洒着泪珠，奔向男友身边。

喂！等一下！你跟这家伙在交往？跟这个像是从动物园逃出来的河马般的男人吗？的确是跟我截然不同啦。

他用粗壮的手臂紧紧抱住琉璃，然后瞪着我。

“你这混账就是诱惑了纯情的琉璃，玩弄过后就把她像破抹布一样抛弃的那个禽兽不如的前男友吗？”

“等一下，是她主动搭讪我的耶，而且我哪有把她像什么破抹布一样……”

“好啊！你果然是来拐骗琉璃的！”

“喂，你听不懂我说的话吗？”

“可恶，真是个卑鄙家伙！”

听不懂人话的他高举手臂，像推土机一样杀过来。

“哇！”

我都还没调匀呼吸，又落入了必须逃命的处境。

“好厉害喔！军司！真不愧是赛艇社的队长呢！你比阿流那种人更有男子气概多了，好帅喔！”

我听着琉璃的欢呼从后面传来，不由得心情低落。

看来我今天是走霉运。

虽然最后甩掉了那个男人，不过我的腿也因为跑太久而开始颤抖。

我是不是犯桃花劫啊？干脆乖乖回家或许比较好……不对，我已经跟麻贵打赌了，绝对不能就此退缩。

因为耽搁了太多时间，所以我改变计划，直接去心叶学长的教室找人。

但是，漫画吃茶店里到处都看不到心叶学长的人影。

难道他没来学校？远子姐好像也提过，心叶学长说他不上台演出了。

我焦急地向他的同学打听……

“井上去保健室啰。”

“咦？他身体不舒服吗？”

“不是，他是陪别人去的。”

“喔喔，谢啦。”

所以他还是有来学校嘛，不过好像发生了一些问题。

好啦，接着该怎么做呢……我一边思考，一边走向远子姐班上的咖喱店。

隔两班就是伦子班级的日式茶店，所以我缩头低脸，避免跟她撞见，悄悄地走进店里。

“欢迎回来！主人！”

在飘着咖喱香味的店内，一群穿着洋装围裙、绑着女仆头饰的女孩们，同时低头敬礼。这是女仆咖喱店吗……

我被带到四人座的桌子以后就摊开菜单，环视着店内找寻远子姐，结果跟隔壁桌的女孩们对上目光。

在这种时候，我都会毫无例外地露出亲切的笑容。

女孩们红了脸，很开心地交头接耳。

“你看你看，真的很帅吧。”

“跟他聊聊看嘛。”

三人说完悄悄话就纷纷站起，面带笑容朝我走来。

“那个……我们可以跟你一起坐吗？”

“当然可以啊，我最欢迎美女了。”

“哎呀！”

女孩们又发出娇呼，围着我坐下。

“你是大学生吗？”

“不是，我高一。”

“咦？真的假的？”

“你是骗我们的吧？”

“真的啊，要看我的学生证吗？”

“要看要看！”

“哇！真的耶！高一？那还比我们小啰？”

“你叫樱井流人啊？”

“嘿，你今天是一个人来的吗？你该不会是在跟我们学校的女生交往吧？”

三人的声音和眼神都像蜂蜜一样浓醇。

我受到打击的自信很快又恢复。啊啊，这气氛真是太棒了，我果然还是必须过这样的生活啊。

虽然刚才运气低到极点，不过我的好运似乎回来了。

就在此时……

“不好意思，请问您决定好餐点了吗，主人？”

听到这漠然的声音，我抬头一看，顿时吓得张口结舌。

出现在我眼前的是令人难以置信的光景。

姬仓麻贵！

学园理事长的孙女！

那个目中无人的公主殿下！

竟然穿着女仆装！

因为太过震撼，我一直瞪大眼睛凝视着她。

她围裙胸前丰满隆起的模样实在有够色情，平时披垂的头发绑成松松的辫子。这打扮真不适合她，简直像是家道中落的贵族千金为了生活不得不忍受耻辱，纡尊降贵去当女仆似的。

麻贵露出很不高兴的扑克脸低头看我。

我是要求过，如果远子姐和心叶学长能在文化祭时成为情侣，麻贵就得穿上超短迷你裙和荷叶边围裙叫我主人，现在看来这心愿已经实现一半了。虽然她穿着的宽幅裙摆长达膝下，不过这样反而带有一种禁欲的吸引力。

难道我是在做梦吗?

因为，这里应该是远子姐的班级啊。

还是我搞错了，跑到麻贵班上的鬼屋?

我最后终于从喉咙里挤出一句嘶哑的声音。

“……我看到好恐怖的东西啊。”

麻贵的表情一点都没变，嘴巴也是始终紧闭。

但是她的裙摆却掀了起来，然后一脚踹翻我的椅子。

我因为用不稳固的姿势往后仰，所以当场摔下椅子。

女孩们都叫了起来。

我趴在地上，正要吼出“你搞什么啊”的时候，突然看见一个穿着制服、貌似河马的男生和穿着长袍的娇小女生卿卿我我地走进来。

惨了!

我像蟑螂一样慢慢在地面爬行，躲到椅子后面。

“哎呀，你没事吧? 流人?”

三人组里面的一位高声叫出我的名字，琉璃和她的男友猛然转头望向这边。

两人的表情立刻僵住，琉璃发出“呀啊啊啊”的惨叫，她男友也发出“呜喔喔喔”的咆哮。

“又是你! 琉璃的禽兽前男友! 你躲在这里是打算偷袭我们吗?”

“等一下，我刚刚好像听到谁在叫流人！”

紧接着，抱着一筛红豆的伦子衣摆发皱、眼中充血，杀气腾腾地冲进来。

还不只是这样……

“有人提到流人？那个人渣怎么了？”

就连抓着彩带的明日美都咬牙切齿地出现。

这两个人的耳朵也太灵光了吧！

再加上那个男友！他还是老样子，拼命地会错意！

“我身为琉璃的骑士，绝对不会容许你这种跟踪狂的行为！”

“我还没教训你呢！有后宫癖好的杂碎！”

“这次我一定要宰了你！你这性变态！”

琉璃的男友抓起椅子挥舞，伦子丢着红豆，明日美像抓着鞭子一样拖着彩带。

刚刚还痴迷望着我的三个女生也喃喃说着：“后宫癖好？”“跟踪狂？”“性、性变态？”纷纷吓得退后。

在这场面之中，唯一能依靠的麻贵却只是白了我一眼，耸耸肩膀，然后就转身走回去。

喂！你要弃我于不顾吗？公主殿下，快回来啊！

不管我在心中怎么呼唤，都唤不回身穿女仆装的麻贵了。

整间咖喱店都变成混乱的暴风圈，琉璃的男友抓着椅子敲我的头，伦子的红豆砸得我满身都是，我还被明日美的彩带缠住。

我在旁人的冷眼注视之下，狼狈地逃到走廊上，琉璃男友、伦子、明日美全都追了过来。

我还为了好运回来而开心咧，真是大错特错。结果我还是在走霉运嘛，根本就是厄运当头啊！

我在人潮里横冲直撞，不顾一切地死命狂奔。

被椅子敲到的后脑还在痛，而且有点头晕。

唉，为什么我会碰上这种事啊？

伦子、明日美、琉璃三人都说过爱我，可是都没有成为我的莎乐美。

如果有谁肯牢牢束缚我，爱我爱到想要砍下我的头来独占我，我一定会打从心底爱她，连灵魂都可以献给她。

糟糕，我怎么跑得摇摇晃晃的？

刚才被打到的地方因为狂奔而变得更痛，好像已经不能装做没事了……

在我担心之时，脑袋里面开始感觉天旋地转，眼前景象也变得模糊。

我要昏倒了……

当我这么想的时候，拉门后方伸出一只白嫩手臂，抓住了我的手腕。

那是滑腻冰凉的手。

现在虽是白天，从门缝中看到的教室却很昏暗，里面还飘出刺鼻的酸味。

头晕越来越严重，我在那只纤细手臂的牵引之下倒向黑暗中。

“阿流……你终于成了我的东西。”

甜美的话语传入我的耳里。

◇　◇　◇

我失去意识多久了呢？

醒来之时，我发现自己躺在一间教室，里面摆着泡在甲醛溶液里的青蛙、昆虫和树根等东西。

这里是生物教室？

窗上遮着漆黑的窗帘，所以室内又凉又暗。外面虽有嘈杂人声和脚步声，但是这房间就像另一个次元一样凉爽又安静。

我的背靠着耐热桌，双脚在地上平伸。

因为还没搞懂情况，我只是愣愣地发呆。

突然，有只湿腻的手抚上我的脸颊。

我惊讶地转头，发现有位留着柔顺半长发、气质清秀的女孩面露微笑望着我。

她是圣条的学生吗？她的制服外面披着白衣，跪在地板上。

我想移动身体时，发现放在背后的双手被细布条捆住，不禁大吃一惊。

是这女孩绑的吗？

“呃，我好像被绑起来了耶……”

“是啊，是我绑的。因为找不到绳子，所以我就用了制服的缎带。”

她像歌唱般地轻声细语，眼神和口气都有如做梦一样恍惚。

“为什么你要做这种事？”

“因为我喜欢你。”

她害羞回答的模样，让我的背脊一凛。

“我看见阿流从走廊那头跑来的时候……差点就停止呼吸呢。我心想，一定是神明让我的心愿成真了。我好想好想跟阿流见面，想到快要死掉了。”

“我们在哪见过吗？像你这么可爱的女孩，我看过的话应该不会忘记啊……”

女孩垂下目光，悲伤地摇头。

“没有……虽然我非常了解阿流，但是阿流并不知道有我这个人。放暑假以前，阿流曾经在校门旁等琉璃对吧？那是我第一次看见阿流。”

“琉璃……是说有个怪胎男友的那个琉璃吗？”

我一边问，一边移动没有被绑死的手指，试图解开缎带。妈的，绑得还真紧。

“是啊，我是琉璃的朋友。所以她会用手机让我看阿流的照片，还会每天跟我提阿流的事。

“我好羡慕琉璃啊……可以跟阿流这样的人交往。琉璃其他的朋友都说阿流是个很花心的人，除了琉璃之外还有很多女朋友，所以都劝她快点分手，琉璃却笑着回答：‘如果我可以在这么多竞争对手之中成为第一名，那不是很棒吗？’

“结果，她却越来越常说阿流的坏话，又跟赛艇社的男生开始交往，还四处炫耀说：‘军司比阿流正直多了，而且又很珍惜人家喔。’

“琉璃真是太恶劣了！怎么能拿那种男人跟阿流相提并论呢？就像是在动物园里打哈欠的河马跟在草原上奔驰的野豹一样，两者相差太多了吧！”

女孩慷慨激昂地继续说着，她湿润的手依然贴在我的脸上。

“我跟琉璃不一样，永远都喜欢阿流。无论在什么时候，我都只爱阿流一个人。阿流一点都没注意到我，让我觉得好伤心。

“呐，看看我吧。

“只爱我一个人吧。

“成为我一个人的阿流吧。

“我总是这样祈祷喔。

“但是，阿流老是对其他女孩笑，一直没有注意到我。

“既然如此，干脆杀死阿流，这样阿流就会只属于我一人了……我一次又一次地做着同样的梦，就像这样……”

女孩从白衣的口袋里拿出一把银色的手术刀，贴在我的喉咙，轻轻拉动刀锋。

皮肤好像被切开了，喉咙划过一阵冰冷的感觉，不明显的痛感渐渐扩散。

但是我丝毫不觉得害怕，也不打算逃跑。

这时在我心中涌起的是彻底的欢喜。

受到激烈地渴求、受到束缚、被人深爱的喜悦。

这是能让我的背脊发出阵阵颤抖，能使心脏扑通扑通狂跳不已的极度快乐！最高级的狂喜！

我的脑海浮现一位清纯少女抱着男人头颅亲吻的景象，从她唇中流泄出的低语，带着隐约的快感在我的耳中回荡。

——我既纯真又洁净，但你让我的血液沸腾。

——其他男人只会让我感到不愉快，但是，只有你是这么美好！

——我看见了你，约翰，然后就爱上了你。

——约翰、约翰，只有你才是我唯一深爱的男人。

小时候两人牵着手一起读过的秘密图画书。

“爱情真是……恐怖的东西啊。”

像姐姐一样的少女发抖着说。

但是，那时的我却认为爱情真是甜蜜的东西。

我希望能像约翰那样被莎乐美所爱，想要被切下头颅亲吻。如果有人这样深爱我，我也一定会赌命去爱她的。

啊啊，今天果然是我的幸运日呢！

我的梦想竟然就这么突然地实现了！

这样深爱着我的人真的出现了！

我对这位拿手术刀抵着我脖子，连名字都不知道的少女感到近乎疯狂的爱恋，同时露出微笑。

“好啊。”

“啊？”

“你爱我爱到想杀死我吧？想让我成为你一个人的东西吧？

“既然如此，那就杀吧。”

女孩阴翳的眼中浮现讶异的色彩。

我深深望着那双眼睛，更温柔地笑了。

“我愿意让你杀死喔。”

“那、那个……”

她不知怎地犹豫起来了。

要杀死心爱的人，果然还是需要很大的决心吧？会害怕也是难免的。

“你怕吗？”

我轻轻歪着头，跟她贴近到快要碰到脸颊，她吃惊地肩膀一颤。

这时绑在我手腕上的缎带正好松掉，我伸出恢复自由的双手，轻轻握住她抓着手术刀的手，她更惊讶地睁大了眼睛。

“！”

我以自己的双手包覆着她细微颤抖的手指，鼓励她说：“没关系，我也会帮忙的。”然后抓着她的手，把手术刀刺向自己的喉咙……

“呀啊啊啊啊！”

惨叫突然响起。

她不知为何把我推开，害我一头撞上耐热桌。手术刀落在地上，发出清脆的声音。

“对、对不起，对不起，对不起！我、我只是因为烦恼升学就业的问题，所以很想尝试一些危险的恋情，或是浪漫唯美、偏激扭曲那样的东西，结果一时失去理智，我到底在做什么啊啊啊啊啊！”

“喂，等一下……”

女孩猛然站起。

“再见，不，我们别再见面了。我会努力准备考试，谢谢你带给我的回忆。”

白衣下摆翻起，女孩含泪冲出房间。

被独自抛下的我仍继续呆呆地坐在地上。

难道说……我被甩了？

她不是说爱我爱到想杀死我吗？

结果她竟然把考试看得比我重要！我输给英文、数学、生物、古文那些东西吗？

还谢谢我给她回忆咧，搞什么鬼啦！

脑袋撞到桌子的地方、被椅子敲过的地方，还有心底的痛，让我深深垂下头。

啊啊，莎乐美变成平凡的女高中生了。

全身的力气像是退潮一样，从我体内退去。

我不行了，真想就这么变成化石。

今天果然是我的大凶日，说不定我其实很没女人缘吧……

我从口袋缓缓摸出手机看时间，一看整个人都惊醒了。

不会吧？话剧都演完了！

我望着窗户的方向，发现黑色窗帘的缝隙之中透出黄昏的光辉！

我慌忙站起，跑出去找远子姐。

计划已经被搞得一塌糊涂了。

但是，再这样下去的话，远子姐和心叶学长的事情依然毫无进展，而且就这么让文化祭结束的话，我今天到处挨骂挨打也就失去意义。

如果最后能来个大翻盘就好了。

远子姐正在教室里跟朋友说话。

“远、远子姐！”

“流人！”

我在走廊上气喘吁吁地叫着远子姐，她立刻睁大眼睛。

“怎么了，流人？都已经是收摊的时间了耶。”

“你出来一下。”

“什、什么事啊？”

“我有很重要的事要告诉你。”

我拉着远子姐的手，把她带到没人的走廊。

“流人，我还要参加闭幕典礼，有话等回家再说吧。”

“不现在说不行啦！”

我强硬地说着，远子姐露出担心的表情，伸手轻触我的咽喉。

“发生什么事了？这个伤是怎么回事？”

“我的事不重要啦。远子姐在文化祭之后要退出社团对吧？”

我气喘如牛地焦急问着，远子姐却温和地微笑。

“我不会退出的，不过准备考试的期间或许会休息一阵子。”

“考完试不就要毕业了吗？远子姐应该要趁现在，把心情清楚地传达给心叶学长啊。”

远子姐脸上的笑容敛去，眼神变得寂寞而悲伤。

“远子姐或许是骗了心叶学长，但也不只是这样啊。远子姐应该坦白说出自己是抱着什么心情待在心叶学长身边。我现在就去把心叶学长找来！远子姐就在社团活动室等着吧！”

我正要跑开，却被远子姐一把拉住。

我吃惊地回头，看到远子姐神情温柔地摇头。

“谢谢你这么关心我。”

她的声音也很平静。

“不过没关系啦。”

“怎么会没关系？你现在不说，要什么时候才说啊？”

我心痛如绞地叫着，远子姐微微一笑。

“我不会说的。”

——远子不会如此期望的。

就像沉默绽放于路边的花朵，她美丽、安静地笑着。

她看着我的眼睛并不只有悲伤，而是还隐含着坚定的决心和温柔。

我感觉喉咙哽塞，头晕目眩。

搞什么，干吗笑啊？

我想起麻贵振振有词说着“远子也发现已经到了非放手不可的时刻”，实在很不甘心，很想出言反驳——但是，看到这样的眼神、这样的笑容，我什么都说不出来了。

远子姐跟我相触的手既温暖又柔软，就像小时候跟我一起翻着莎乐美图画书的时候一样，一点都没有颤抖。

是从什么时候开始的呢？

非常怕鬼且胆小到破表的远子姐，不知从何时开始，就连看恐怖故事都不再死命抓着我了。

——有姐姐在，小流不会有事的。

她在小学时代就算嘴上逞强，还是会紧抱着我，闭上眼睛发抖。

她误以为我被欺负，张开双手挡在女孩们面前叫着“不可以欺负小流”的时候，也是怕得膝盖和肩膀都直打颤。

但是曾几何时，就算我说了再恐怖的故事，或是故意在客厅播恐怖片 DVD，她也只会转身塞住耳朵，哭丧着脸大叫“不要不要”，而不是跑来我身边。

她面对跟我厮混的女孩们，也开始会冠冕堂皇地训话。

而且，她现在还独自承受着哀伤。

觉得鼻酸想哭的人反而是我。

远子姐温柔地问着："嘿，你看到话剧了吗？"

"抱歉，我没去看。"

"这样啊。小七濑突然生病没有上台，所以我代替她饰演杉子，而心叶演了野岛喔。野岛最后的台词他念得好有力，非常精彩呢。心叶看来好像破除了什么迷惘，今后他一定会有更大的成长。"

她欣慰地说着。

"就先这样啦，流人。等一下要直接回家，别再跑去其他地方溜达啰。"

她轻轻挥手，在映着夕照的走廊上摇曳着辫子走回教室了。

◇　◇　◇

我抱膝在画室一角坐了很久。

在我身体发冷、屁股也开始痛的时候，灯光突然亮起。

"你可以别再不讲一声就跑来吗？"

麻贵一见面就对我抱怨。她可能是刚走下管弦乐社的舞台，身上还穿着燕尾服。

"如果我没来的话，你打算在这里坐一晚吗？"

"因为今天我很不幸嘛。如果去找其他女人而又被甩，就更振作不起来了。”

“说不定我也会把你踢出去喔。”

“因为公主殿下平时就是这么刁蛮恶劣，所以我也不在意了。”

“真是惹人厌。”

麻贵不高兴地说着，一边走到我面前。

“看你这副模样，八成是远子和心叶的事情搞砸了吧？”

“……”

我把脸贴在膝上。

“远子对你说了什么？”

“就跟你说的一样。远子姐说她不会告诉心叶学长，还笑着说……这样比较好。”

“……”

这次换麻贵闭口不语了。

“我今天真的倒霉到了谷底啊。以前交往过的女孩用红豆丢我，骂说跟我交往是她一生中最大的污点，还有人用彩带勒住我的脖子，又有人一口咬定自己现在的男朋友比我更诚实、更有男子气概，更有拽到不行的女仆在大庭广众之下让我摔得四脚朝天。”

“……”

“然后，有人把我绑起来关在生物教室，对我告白说爱我爱到想杀死我。我正兴起的时候，她却说因为要准备考试，所以不会再跟我见面而逃走了……亏我还对她说‘想杀就杀吧’。我还以为终于碰见我的莎乐美……”

我说得越多，越觉得心底好空虚，还有强烈的寂寞涌来。

为什么真正想要的东西却永远都得不到呢?

我认识了那么多女孩，但是唯一的真命天女却迟迟不出现在我面前。

“……属于我一人的莎乐美或许不存在这个世上吧。”

我绝望得有如落入黑暗深渊。如果是两人一同坠落，还会让人觉得心头甜滋滋的，可是一人独自坠落的黑暗之中只有冰冷的孤独。

麻贵依然沉默不语，或许是对我的软弱感到厌倦吧。

“……你有一天也会忘记我吧。”

这时，我感觉麻贵的呼吸传至耳边。

“我不会忘记的。”

我抬起头来。

“我的记忆力很好，别小看我了。”

身着柔媚黑色燕尾服的麻贵在我面前蹲下。

“你遇不到莎乐美，是因为你是个出轨的约翰。”

我屏息看着她流露冷静眼神、不带笑容地说出这句话。

“真正的约翰是个传达神之旨意的圣洁预言家，才不会像你一样，随随便便就被莎乐美诱惑。他对想要强吻他的莎乐美连看都不看一眼，还骂她是受诅咒的肮脏女人，不断拒绝、拒绝、拒绝到底呢。”

是啊，莎乐美虽然是个冰清玉洁的处女，但是奉侍着神的约翰却没看出莎乐美的真实样貌。

“所以……莎乐美只能靠着砍下约翰的头来达成心愿，还吻了再也不能看她、也不能再拒绝她的约翰之人头。如果约翰是个一见到莎乐美就搭讪她的轻浮男人，莎乐美才不会渴望他到宁可杀死他的地步。说不定，她还会看不起嬉皮笑脸追着自己跑的约翰，看到他时连躲都来不及呢。”

出轨的约翰。

啊啊，我的确不诚实也不圣洁。

在遇到我的莎乐美之前，我一定会不断地到处求爱吧。

麻贵把她湿润的嘴唇覆上我的嘴唇。

这不像她平时那种仿佛要夺取一切的激烈接吻，而是非常温柔的触感。

在安慰般的亲吻中，她用遥控关掉房间的灯光。

看吧……两人果然比一人好……有些事若非两人可是品尝不到呢。

甜蜜的黑暗中，柔软的双臂像在抱婴儿一样搂住了我，带着些许温情的声音在我的眼皮上喃喃细语。

“也罢……或许不死心地找下去还真能找到呢……找到愿意杀你的奇女子。”

◇　◇　◇

日后，我穿着执事的打扮侍奉这位大小姐用餐。

“喂！别拿出素描本啊！不要画啦！”

“哎呀，你不是让我画过很多次了吗？”

“裸体又无所谓！别画这种丢脸到极点的模样啦，妈的！”

“你答应过我会乖乖听话吧？结果竟然口出恶言？如果你在我家工作还这样说话，一定会立刻被开除喔。”

“好啊，我还希望你快点开除我，让我得到解脱咧，大小姐。”

我一边吐出恶言恶语，一边将红茶倒入精巧的茶杯。

麻贵露出坏心眼的笑容，画着我耻辱的模样。

“这幅画我会珍藏一辈子的。”

混账，本来应该让她穿着迷你裙和围裙来服务我的说。

“好了，乖乖工作吧，执事。”

麻贵愉快地在我的背上踢了一脚。

虽然我听不到神的旨意，却说出了预言。

“我绝对不会忘记今天的事！下次我一定要让你叫我‘主人’！”

文学少女今天的点心　特别篇

～《雪雁》～

四月住进宿舍的天野远子是个怪人。

我们这栋宿舍只住了女学生。包含管理员在内，七位女性分别住在各个房间。

这栋木造洋房给人的第一印象就是老旧，是很有历史的建筑物。人来人往的时候，铺着木头的地板就会轧轧作响，窗户也松垮不牢，关起来还是会飘进灰尘，而且动不动就跳电。

屋内有一套小到像是扮家家酒用的瓦斯炉和流理台，厕所是每个房间都有，浴室则是共享。没有供应三餐，租金便宜是唯一的优点。

刚好某位房客因为大学毕业而迁出，后来搬进这间空房的就是远子。

中介业者领着搬家工人搬来一箱箱沉重的纸箱，然后，有位绑着麻花辫的女孩跟着走进来。

她穿着有如报春的堇花一般淡紫色的毛衣和棉布长裙，帮忙搬着纸箱。

“小姐，行李让我来搬就好了，你不用动手啦。”

“没关系，让我帮忙吧。而且我也不在意书本有多重。”

她以清澈的声音坚持地说，走上了嘎吱嘎吱响的走廊。

跟我目光交会时，她立刻绽放出花朵似的笑容。

“你好！我是今后要在这里叨扰的天野远子，我等一下再跟大家好好打招呼喔。”

她出言问候时，细细的辫子从肩上垂了下来。

我不习惯初次见面的人对我装熟，这一年来也没跟宿舍里的哪个人亲切地交谈过。而她的笑容和语气虽然都是这么亲切，却没让我感到丝毫不快。

此外，对上目光的时候，我还发现她的眼睛有一点红，简直就像刚哭过一样……

可是在我面前的她，无论表情或声音都看不出一点悲伤，只看得见开朗和朝气。

所以我想或许只是自己多心，再不然就是因为她前晚熬夜了吧。

算了，跟我又没关系，怎样都无所谓啦。

我随便回应几句话就走了。

远子很顺利地融入宿舍生活之中，跟其他房客也都处得很好。

她身材纤细、脸蛋清秀，性格又开朗，所以经常可以看到有人找她去联谊，像是“嘿，帮你介绍帅哥如何啊”“远子一定会很受欢迎喔”“既然当了大学生，当然要尽情玩乐啊”之类的。

但是，远子全都拒绝了。

她会以端庄到几乎让人气馁的笑容说：“对不起，我还有很多书要看呢。”

听到这样的回答，真让我有些惊讶。

因为我本来还以为她也是热衷于联谊和约会，只会为了不至于被退学而应付课业和报告的时下女大学生。

“没办法，远子是文学少女嘛。”

大家最后都会笑着打消念头。

都已经是大学生，算不上是“少女”了吧？但是，这个不知不觉间流传开来的外号，的确很符合远子那种脱俗的古典气质。

我跟远子第一次聊天，是在黄金周刚开始的时候。

其他房客都出去旅行或是回老家了，而我还是理所当然地留在宿舍里。我本来以为只剩自己一个人，结果却在宿舍阁楼的书房遇到远子。

“啊……”

“设乐小姐你好。”

这里是房东的英国人太太用来收藏祖国寄来的书本的房间，房客可以随意使用。但是，我从来不曾在这房间看到其他房客。

远子屈膝坐在唯一的窗户边，把书放在腿上，翻页阅读。

窗外洒下黄昏的金色光芒，将飞舞于房内的微尘照得闪闪发亮。

读着书的辫子少女，看来就像是故事中的人物。

会让人有这种感觉，或许是因为她平静温柔，却又隐含着悲伤的侧脸吧。

不过，下一瞬间她朝我转过头来时，却是开朗地笑着。

“这个房间真是太棒了！我已经下定决心，接下来的四年都要在这房间里好好学习。”

“……你在看什么呢？”

“葛里克的《雪雁》(Snow Goose)。”

远子爱惜至极地抱紧英文书。

然后，她以悦耳而轻柔的声音说：“《雪雁》的味道就像最高级的美味冰果冻啊……会在舌上悄悄融化，滑落喉咙，让燥热的心都冷却下来……嘴里还会残留着冬天清洌的香气……”

她眯着眼睛微笑。那是很幸福的笑容——但又显得有些寂寞。

我不耐烦地回答：“我个人不喜欢太感伤的东西。那是在讲残障的画家和抱着雪雁去请他帮忙治疗的少女，两人之间悲伤的爱情故事吧？画家对自己的怪异外貌感到自卑，所以没有对少女表白心意就去参加战争了吧。”

远子垂下长睫毛。

“是啊……拉雅德或许真的对自己与众不同的地方感到自卑……但是，我觉得他不对佛莱丝表达自己的心意，并不只是因为这个理由。”

她的眼睛变得有些湿润。

“他一定是非常珍惜佛莱丝吧。他只希望佛莱丝能过得幸福，为此拼命思考自己该怎么做，所以才什么都不说就默默离开……”

然后，她像在自言自语一样低着头说：“真正重要的心情是不能说出口的……非得带进坟墓不可……”

就像拉雅德有着佛莱丝一样，她的心里也有这样的一个人吗？

虽然陪伴身边，却绝对不会把自己的心意说出口的对象。

看得比自己更重要的对象。

远子抬起头，露出微笑。她的表情让我吃了一惊。

她以白皙的手指翻开《雪雁》，朗声说道：“最后拉雅德的灵魂去跟佛莱丝道别的地方好悲伤又好美味，我非常喜欢喔。虽然日文版翻译成‘亲爱的人’或是‘心上人’，但我觉得原文‘my love’最能表达拉雅德的心情呢——‘Frith, my love. Good-bye, my love.（佛莱丝，我的爱。再见了，我的爱。）’”

花瓣似的嘴唇轻轻吐出甜蜜而悲伤的话语。

我以前明明就是用冷静的心情读完《雪雁》这本感伤的小说……

可是一听到“my love”这个简单的词语，初中时读过的《雪雁》最后一幕却带着不同于当初的震撼，在我脑海中苏醒。

飞舞在傍晚天空的一只雪雁。

抬头仰望的少女。

再见了，亲爱的人。

“一定是因为再也无法见面，拉雅德才能对佛莱丝说出真心话吧……”

在黄昏光芒中微笑的远子，眼神显得既悲伤又清澈。

在这之后的隔周，我在信箱前遇到远子。

“欢迎回来！设乐小姐！”

她很有精神地打招呼，然后从信箱里拿出信件。一看到朴素的白信封上写的寄件人姓名，她就惊讶地睁大眼睛。

“是男朋友吗？”

远子摇摇头。

“是我父亲的朋友，十分照顾我的人。”

她愉快地回答，然后把信小心翼翼地按在胸前离开了。

当天晚上，我正要走进阁楼时，看到远子只开着台灯在读信。

她大概是刚洗好澡，解开的一头黑发披散在背后。她抱膝坐在窗边，凝视着白色的信纸。

我在门口屏息停下脚步。

因为我发现远子竟然在哭。

透明水珠从她水汪汪的乌黑眼睛滴落，她也不擦去泪水，只是专心看着信上的文字，嘴边还挂着笑容。

她以让人看得心痛的悲伤表情哭泣，却又笑得很幸福。

就像喜不自禁的样子……像是听到深爱之人的消息一样……她白皙的脸颊上滚下一颗颗泪珠，静静地微笑着。

远子嘴里好像念念有词……那是男生的名字吗？

那温柔清澈的眼神，就跟她上周谈起《雪雁》的时候一模一样。

——一定是因为再也无法见面，拉雅德才能对佛莱丝说出真心话吧。

我不知道信上写了什么，也不知道远子来这里之前跟谁离别了。

但是菲利普·拉雅德借着白雁的外形呼唤心爱少女的声音，此刻似乎从远子的嘴里传出。

My love ——心上人啊。

My love ——亲爱的人啊。

而且我好像也听见佛莱丝响应拉雅德的声音，从夜空的远处传来。

"Philip, I love you."（菲利普，我爱你。）

后记

大家好，我是野村美月。这是“文学少女”系列的第一本短篇集喔！在网络上连载的《文学少女今天的点心》和《文学少女的秘密书柜》不知不觉也累积了这么多呢！当我注意到时，分量已经多到一本书收录不完了。琴吹同学和小森的故事预定会收录在下一本插话集里，这次主要收录了发生在心叶和远子身边的三篇故事，再加上未曾公开的新短篇。

《文学少女和革命的劳动者》的主题书目《蟹工船》在今年兴起盛大风潮呢。在图书馆要排队预约，在书店也是平放展示，我心想“一定要来写写这本书”所以就挑战了……不过原著实在很惊人，写起来好辛苦啊。大家或许会觉得教练的手段太狠了点，不过我参考的题材可不只是这样而已喔！光是用看的都会觉得全身发痒疼痛，如临其境，血气上涌呢！而且还会让人忍不住在意“堪察加体操”到底是什么东西啊？还没体验过这种冲击的读者，请务必读它一次，好好“享受”一下。

顺带一提，我在写作途中跟编辑商量过“要写怎样的故事呢”，结果编辑立刻回答“来写芥川的故事怎样啊”。芥川……你在编辑心中的形象就是《蟹工船》那样呢，真是太令人同情了（泣）。我希望能把拥有此般不幸属性的他写得幸福一点，所以写了《沉默的王子和不良于行的人鱼》。可是……那篇该说是幸福还是不幸呢……算了，总之他还是稍微进步了一些吧！

我在学生时代也曾去儿童馆打工喔，也曾像美羽那样念书或是看图说故事给孩子们听，不过大家都很没耐心，动不动就吵着“不要念那本了，念这本吧”，我只能努力安抚他们说：“拜托再听一下嘛，从这里开始会很有趣喔，乖乖听到最后嘛。好不好？”也有小孩拿少年漫画给我说“念这个”，我只好回答“呃……那大家一起念吧”，然后分配角色，大家一起当配音员。

闲暇的时候，也可以尽情在笔记本上写小说，或是尽情看馆内的漫画，是非常——凉快的工作喔。馆内除了有很丰富的古典作品之外，我也在那里看遍了各套有名的少年漫画。我看了小狗们召集伙伴对抗凶暴的熊的某套名著，被那热血沸腾的剧情感动得不能自已，还得冲进厕所一边哭一边拿卫生纸擤鼻涕，那也是很美好的回忆呢。

《文学少女和门内的公主》和《文学少女和出轨的预言家》都是在网络上连载过的短篇，分别叙述了麻贵和流人的故事。思考这两人在本传以外发生的故事实在很有趣呢。《文学少女和恋爱的牛魔王》是刊登在杂志上的作品。牛魔王直译好像是“Buffalo Demon King”，真是太帅了！牛园同学的故事预定一月会在网络上公开。

另外，在此要向大家报告一些事。

“文学少女”系列画册——《文学少女的追忆画廊》将在十二月十五日发售喔！未曾公开的心叶与美羽、远子与流人的幼年时代图画都可爱到极点，请大家一定要买来看看。我也写了心叶大学时代的故事喔。

另外，除了《Gangan Powered》的文学少女漫画连载之外，《Beans A》月刊也将在十二月开始连载《文学少女和美味故事》，主要是叙述心叶和远子的日常生活，作画的是日吉丸晃老师。男性角色都很有魅力，让人看得心跳不已呢！《Beans A》是在偶数月的十日发售喔！

接着要来报告这次最重要的消息。

在宝岛社今年的“这本轻小说真厉害”排行榜里，“文学少女”系列获得了小说部门第一名！此外，竹冈老师也在插画部门获得第一名！在女性角色部门中，远子得到第一名，琴吹同学得到第四名，而且心叶也在男性角色部门获得第五名，真是惊人的结果啊！当编辑通知我的时候，我高兴得都快哭了呢。我一想到都是读完本传完结篇的读者投票给本作，心里就满是感激。我不禁重新体认到，这系列就是因为有各位的支持，我才能一直写到今天。

下一本就是外传了。心叶升上三年级，也有新入社的女孩登场喔。希望大家来看看心叶遵守着跟远子之间的约定而努力的模样。那就再会了！

二〇〇八年　十一月二十日　野村美月

※ 本书引用、参考了以下著作：

《はつ恋》(初恋，屠格涅夫著，神西清译，新潮社出版，一九五二年十二月二十五日发行，一九八七年一月三十日七十三刷改版。)

《更級日記　現代語訳付き》(更级日记附现代白话译文，原冈文子译注，角川

SOFIA 文庫。角川书店出版，二〇〇三年十二月二十五日发行。）

《蟹工船・党生活者》（蟹工船・党生活者，小林多喜二著，角川书店出版，一九五四年九月十五日发行，一九六八年四月三十日改版，二〇〇八年八月二十五日新装改版。）

《小林多喜二》（手冢英孝著，新日本出版社出版，二〇〇八年八月十日发行。）

《ファージョン作品集 3　ムギと王さま》（法琼作品集 3　麦子和国王，艾莉娜・法琼著，石井桃子译，岩波书店出版，一九七一年九月八日发行。）

《ダフニスとクロエー》（达夫尼斯和赫洛亚，朗格斯著，松平千秋译，岩波书店出版，一九八七年三月十六日發行。）

《日本の文学　古典編 2　万葉集一》《日本の文学　古典編 4　万葉集三》（HOLP 出版，一九八七年七月一日发行。）

《小川未明童話集》收录之〈赤いろうそくと人魚〉（（红蜡烛和人魚，小川未明著，桑原三郎编，岩波书店出版，一九九六年七月十六日发行。）

《夏への扉》（走入盛夏之门，海因莱因著，福岛正实译，早川书房出版，一九七九年五月三十一日发行。）

《十月はたそがれの国》（十月国度，布拉德伯里著，宇野利泰译，东京创元社出版，一九六五年十二月二十四日发行。）

《サロメ・ウィンダミア卿夫人の扇》（莎乐美・温德米尔夫人的扇子，奥斯卡・王尔德著，西村孝次译，新潮社出版，一九五三年四月十日发行，二〇〇五年八月十日四十九刷改版。）

《スノーグース》（雪雁，葛里克著，矢川澄子译，王国社出版，一九八八年九月十五日发行。）

《白雁物语》（葛里克著，古沢安二郎译，偕成社出版，一九九〇年十二月发行。）

《The Snow Goose》（雪雁，葛里克著，Penguin Books 出版，一九六七年发行。）

后记。

编辑和美编：
这次（果然）又拖到
最后才交稿，
有劳你们的关照了。
竹冈美穗

竹冈美穗

千爱。
画起来很简单，
但她这次没出场，
所以就画画看吧。

各篇首度出处

文学少女和恋爱的牛魔王（刊登于 FBSPvol.2 Macademy Special）

文学少女今天的点心～《更级日记》～（刊登于 FBonline 2007 年 1 月号）

文学少女和革命的劳动者（本书初次公开）

文学少女今天的点心～《万叶集》～（刊登于 FBonline 2008 年 2 月号）

文学少女和多病的少女（本书初次公开）

文学少女今天的点心～《麦子和国王》～（刊登于 FBonline 2007 年 6 月号）

沉默的王子和不良于行的人鱼（本书初次公开）

文学少女和门内的公主（刊登于 FBonline 2008 年 6 月号）

文学少女和出轨的预言家（刊登于 FBonline 2008 年 8 月号）

文学少女今天的点心　特别篇～《雪雁》～（本书初次公开）